講談社文庫

神様のサイコロ

飯田譲治
協力　梓　河人

講談社

目次

魔術――それは迷信ではなく、高度な科学なのか。

神様のサイコロ

第一部

1

目覚めろよ――。

頭の奥の洞窟から、誰かの囁《ささや》き声がする。

おい……そろそろ目覚めろよ。

若そうな男の声。目覚めろ、目覚めろよ……声はだんだん大きくなってくる。うるさい、まだ寝てたいんだ――俺はその声を無視し、また気持ちいい夢の中に潜《もぐ》りこもうとする。冴えない現実世界から逃げるように。

目覚めろよ……男の声はしつこく響く。おい、目覚めろよ。

うるさい――俺はとうとう毛布をはねのけてベッドに起きあがる。

一人暮らしのワンルームには誰もいない。サイドテーブルに置いたパソコンはスリープモードになっているし、どこからも声なんか聞こえるはずはない。どうせいつか起きるのに、意味のない夢だ。俺は手を伸ばして赤いカーテンを開け、昼近くのかろうじて午前中の太陽光を入れる。

二階の東南の角部屋は日当たりがいい。明るい光が散らかった部屋をあからさまにする。脱ぎっぱなしの服が丸まったソファ、テーブルの上のテイクアウトの容器、ビールの空き缶、積みあげられたコミックス。よくある男の部屋……いや、そうではない。その一角に、ひときわオーラを放っているコーナーがある。

『俺は音楽で食える男だ。ミリオンセラー出すぞ！』

『バズる動画をアップ！』『時代よ、俺についてこいや』

我ながら暑くるしい張り紙の下に並んでいるのは、ギブソンの赤いエレキギターとアコースティックギターだ。燦然《さんぜん》と輝く愛器。その横にはスタンドマイク、譜面台、ヘッドフォンやオーディオインターフェイス。ここは小さな我が聖地、クリエイティビティの源、赤城《あかぎ》勇太《ゆうた》の宅録スタジオだ。ここから世界中に向けて俺の音楽が発信されている……はずなのだが。

俺はため息をつき、祈るような気持ちでパソコンに手を伸ばす。指紋認証で画面が立ちあがり、開きっぱなしのユーチューブが現れる。

――赤城勇太チャンネル

【世界のみんなへ！】Happy birthday to you【弾いてみた‼】

更新をクリックする。そのとたん、冷凍庫に突っこまれたみたいに心が冷えていく。

再生回数はまだ123回。昨日からたったの三回しか増えていない。チャンネル登録者数は111人――一人増えただけだ。つまり新しく見てくれた三人のうち、一人しか登録してくれなかったということになる。

そして、グッドボタンはたった一個――自分でつけたやつだ。

凹《へこ》む。画面では赤いトレーナーを着た俺が微笑《ほほえ》みを浮かべてギターをつまびき、甘い声で歌っている。痛い。シンガーソングライターとはいえ、あくまでも『自称』がつくレベルだ。オリジナル曲はちっとも聴いてもらえないから、試しに世界共通のバースデーパーティの曲を弾いてみたが、このザマだ。

なにしろ知名度が低すぎる。今までの時代とちがい、スマホの普及によっていつでも、誰でも、どんなところからでも発信できるようになったおかげで、日々増え続けるチャンネル数は数えきれない。累積チャンネル数は世界人口よりも多い九十億とも言われている。そんな過酷な競争フィールドでどうやって勝負すればいいのか。俺は壁の張り紙を恨《うら》めしく見あげる。

『目指せ、登録者数十万人！』

ちなみに世界一のチャンネル登録者数は三億人以上だという。少しでいいから分けてほしい。十万人以上のチャンネルは日本国内だって一万ぐらいあるらしい。だから、俺の目標は決して高望みでは――。

ピヨピヨ……そのとき、パソコンがビデオ通話の着信音をたてた。画面に浮かびあがった相手の名前を見てたじろぐ。よりによってチャンネル登録者数十万人の男だ。

『よ、赤城、久しぶり』

笑顔で現れたのは、高校時代の同級生、白石和彦《しらいしかずひこ》だ。ソフトな声、王子様系のルックス。そこはかとなくオーラが出ているように見えるのは、金髪ヘアのハレーションのせいか、それとも俺の羨望《せんぼう》のせいか。その下の方には寝起きのボサボサ頭でジャージ姿の俺が映っている。

『赤城さ、音楽系始めたんだって？』白石はツヤピカの顔を画面に近づけてくる。

俺はすぐさま接続を切りたくなる。その余裕しゃくしゃくの態度にむかついて。

白石は【なんでもかんでも食べてみる系】の人気ユーチューバーだ。カエルやヘビ、そこら辺の雑草、昆虫から深海魚まで、どんなものもその形のいい唇に吸いこまれていく。そんなビジュアルとのギャップが萌えるのか、再生回数はいつも五万回以上だ。

『まあ聞けよ、赤城。いい話があるんだ』

「いい話？」

『そ、ぜったいバズるネタ』

2

バズる。

それはユーチューバーにとってこの世で最高の魔法の言葉だ。映画や音楽の大ヒット、テレビ番組の高視聴率、本のベストセラーに等しい。SNSでバズれば人気爆発、収入にもつながり、アイデンティティが確立される。人気ユーチューバーはインフルエンサーとして重宝され、事業家として成功したり、さらに世界を動かす権力を持つ人もいるくらいだ。しかし、意外に思われるかもしれないが、俺たちにとってバズりは未知の体験ではなかった。

ファイブカラーズ——そのダサいネーミングとセットで苦い思い出が蘇《よみがえ》ってくる。日本中の人気者になったような浮かれ気分。五人の仲間でその熱を共有した青春の日々。そう、そこには白石もいた。

「これなんだけどさ」

待ち合わせした喫茶店で向かいに座った白石は、白いショルダーバッグから古ぼけたスカーフに包まれたものを取り出した。

白のオーバーオールにストライプのTシャツ、柑橘《かんきつ》系の香りはヘアムースかなんか。三年振りに間近で見たリアルの白石は爽《さわ》やかで、とてもゲテモノ食いには見えない。普段は甘党らしく、注文したのはクリームたっぷりのパフェだ。

俺はおやつのちゅ〜るに食いつく猫のように、バズるの一言にまんまと釣られてここにやってきた。レトロな喫茶店はなんとなく薄暗いが、白石には流行《はや》りのカフェよりこんな場所が居心地いいのかもしれない。

「な、なにこれ——」俺はテーブルに置かれた物を見て絶句する。

白石の持ってくるものだから、また変な生き物かなんかじゃないかと恐れていたが、そいつのおぞましさは予想をはるかに超えていた。

体中に何十本も錆びた釘が刺《さ》さった木彫りの人形——まるで悪魔博物館の陳列物だ。海坊主のような禿頭、地獄に続く穴みたいな目。苦痛にあえぐように大きく開けた口の中からは、小さな泣き顔がいくつも溢れている。

「ブアウ」白石は俺の反応を見て楽しんでいる。

「ブアウ？」

「アフリカのブアウドっていう少数民族に伝わる、魔術の人形」

魔術？　白石はそのブアウ人形の横に、これまた恐ろしげな革紐でくくられた革表紙の分厚い本を並べる。

「ここに書かれている通りに魔術を実行すれば、願いが叶うんだってさ」

白石は天気の話題のようにさらりと話すと、真っ白いクリームをスプーンですくって食べた。

願いが叶う？　俺はブアウ人形をまじまじと見る。アラジンの魔法のランプじゃあるまいし、こいつにそんなことができるのか。

「このネタ、赤城に譲ってあげようかなって。おまえ、前から不思議系興味あっただろ？　それに音楽系とかいったって、まだ存在感ゼロだし」

「よけいなお世話だよ」

「なんか面白いことやんないとチャンネル登録者数伸びないよ？」

「……なんで白石はやんないの？」

「だってさ、俺、こういうのぜんぜん興味ないんだよね」

白石にとってはコウモリやカメムシの方が魅力的らしい。地球が食料不足になってもこいつが生き残れるのは確かだ。

「ムカデってうまいの？」俺は一週間前の動画を思い出して訊いてみる。

「見た？　あれマズい。超マズい」白石はその味を思い浮かべたように口を曲げ、クリームを食べて打ち消す。「でも十万再生超えたかな」

俺は黙ってトマトジュースをすする。悔しいが、俺は現時点で白石に完全に負けている。ネタのインパクトがちがうし、こいつはこんな爽やかな顔をして体もちゃんと張っているのだ。

「知り合いから紹介された大学の教授が、俺んとこ持ってきたんだよ」白石は言う。

「ムカデを?」

「ちがうよ、このブアウ人形だよ。あとこれ、魔術書だってさ」

白石は革表紙の本を俺の方に押し出してくる。あっさり手放すところをみると、百パーセント信じていないのだろう。

「詳しいやり方が全部書いてあるから、この通りにやれって。日本語に翻訳した手引き書もはさんである。俺はめんどくさいから読んでないけど」

俺は分厚い本をパラパラとめくってみる。かなり古そうなもので、わけのわからない象形文字で書かれているが、あちこちに日本語の手書きのメモや図が貼り付けられている。書いた人の名前はない。

「大学の教授って?」俺は訊く。

「ああ、アフリカの先住民とかの研究やってる専門家だって。魔術の儀式をちゃんとやれば、闇のバックアップを受けられるようになって、願いを叶えることができるんだってさ」

「闇の——バックアップ？」

そんなゲームみたいなことを言う大学教授がいるのか。

俺が知ってる魔術の知識といえば、ほとんどロールプレイングゲームから仕入れたものだ。魔術にはざっくり分けると、天使や聖人の力を借りる光系の白魔術と、悪魔や怨霊《おんりょう》の力を借りる闇系の黒魔術がある。ブアウ人形のルックスはどう見ても黒魔術だ。

「赤城だったら、やろうって思うんじゃないかと思ってさ」白石は微笑む。

俺はいかにも闇のバックアップを受けそうなブアウ人形を見つめる。たくさんの釘はまるで毒針のようだ。人は自分が恐ろしいと思うものに強さを感じるのだという。手を伸ばし、恐る恐る触れてみる。毒グモに触ってしまったようにぞくりと身の毛がよだつ。

もしかしてこいつは呪い人形か？　まあ、本当にバックアップを受けられるんだったら闇だろうが悪魔だろうが——。

「ほら、思ったでしょ」

白石はうれしそうな顔で、また真っ白いクリームをぺろりと舐《な》めた。

3

白石のように目に見えない不思議な世界なんてないと思っている人間は、魔術も呪いもゾンビも怖くないし、事故物件にも平気で住める。そんなものは百パーセントあるわけない幻覚、脳のバグだと思っているからだ。

だったら、俺はどうなのか。奇跡や超能力、預言者、宇宙人……小さなときからなんとなく、そんな世界があるかも……と思っていた程度だ。人は近くにいる人が許容しているものはスタンダードになる。その漠然とした感覚のルーツを探っていくと、田舎《いなか》に住んでいた祖母にたどり着く。

農業をやっていた母方の祖母は、野の花のように優しくて、稲や野菜を育てるのが上手で、いわゆる直感が強い人だった。ときどき死んだ人が見えたり、あそこは悪い気が溜まってるから近づくなとか言ったりした。もちろん、そういうのを俺が全部信じたわけではない。ただ、俺がちょっと嘘をついても見破ったおばあちゃんが嘘をついているとは思えなかった。

〈……願いを叶える人形、ブアウは、ブアウドと呼ばれるアフリカの少数民族に伝わ

る魔術に使われる。その儀式はどんな願いも叶えるが、その見返りは叶えられた望みと同量のエネルギーを要求されることである〉

出た、やっぱり見返りがあるんじゃないか。自分の部屋に戻ってさっそく魔術書を読み始めた俺は、古代文字を訳した日本語の説明にうなずく。つまり誰かの死を望んだら、自分も死ぬってことだ。

それなら、俺はどんな望みを叶えてもらえばいいのか。

俺は問うようにテーブルに置いたブアウ人形を見つめる。身長は二十五センチぐらい、その周辺だけ時代がちがう異空間みたいだ。おぞましいのは、口からどろりと流れ出ている苦悶《くもん》の顔たち。まさかブアウに食われた犠牲者じゃないだろうな。

俺はさらにページをめくっていく。十二星座が描かれている円形の図が現れる。どうやら天体図のようだ。

〈天体の配置とそれに伴うエネルギーの流れをもとに、独自の計算によって儀式を行う場所と日時を割り出した……〉

緯度と経度の座標がメモ書きされている。説明によると東京郊外のとある場所で、なぜか地上三十メートルの地点らしい。ページをめくると、また別の円形が現れる。大きな五芒星《ごぼうせい》の周囲に解読不可能なくねくねの文字が描かれている。ゲームや映画で見たことがある。いわゆる魔法陣というやつだ。

なんともいえない迫力がある……ような気がするのは、俺がこの魔術を信じかけている証拠なのか。本物っぽくて、試してみる価値がありそうだ。しかし、本当にこんなことで俺だけが望みを叶えていいのだろうか。

〈この儀式には、五人の若い男性が関わる必要がある〉

俺は思わず顔をあげてブアウ人形を見た。

五人──？

反射的に俺の頭に五人の男が浮かびあがってくる。

ファイブカラーズ──白石、青山敦《あおやまあつし》、黒谷圭吾《くろたにけいご》、緑川康隆《みどりかわやすたか》、それから俺。

たまたま高校一年の時に同じクラスになった俺たちは、名前に〈色〉がついてるというくだらない理由でつるむようになった。そのカラーが違うように、趣味も、嗜好も、頭の出来もてんでバラバラ。だけど、ただひとつ一致するものがあった。

五人とも、小さい頃からユーチューバーになるのが夢だったのだ。

普通なら、成長するにつれてそんな夢はフェードアウトしていくものだ。高校生の『大人になったらなりたいもの』調査によると、一位は会社員らしい。現実的だ。だが、高校生になっても子供の魂を持ち続けていた……というより大人になれなかった俺たち五人は、青臭いノリでユーチューブチャンネルを作ろうと盛りあがった。

そして、あの、バズりの原点がやってくる。


「うわあああ!」

森に響く絶叫。ガサガサと藪《やぶ》をかき分けて姿を現したのは、巨大なイノシシだ。

「イ、イノシシーッ」

「でかいっ」

「わ、来る来る来る来る、逃げろーっ」

悲鳴をあげて逃げ惑う白石、緑川、黒谷。

青山が転んでメガネを吹っ飛ばす。その背中の上をドドドと駆け抜けていくイノシシ。

ブレブレの画面。怒りのイノシシは真っ直ぐにカメラに向かって突撃してくる。

衝撃。バウンドするカメラ。画面がガクガク揺れ、ぐるりと反転する。

「わ、赤城、赤城ーっ、赤城が崖から落ちた!」

――オススメ動画　ファイブカラーズチャンネル　#初投稿　#新人　#放送事故
〈キノコ狩りにいってイノシシに襲われるバカ高校生五人〉

俺たちのバカ丸出しの動画はバカみたいにバズった。

悪役ヅラのイノシシと半狂乱で逃げる五人の高校生の動画は、なんと102万回再生を超えた。チャンネル登録者数は４２，０００人。要は日本中の笑いものになっただけだが。

あのとき、わざとダサいネーミングを狙ってファイブカラーズなんてつけたのは、緑川だ。

あのとき、面白がってウリ坊を追いかけて母イノシシを怒らせてくれたのは、黒谷だ。

あのとき、背中に体重百キロのヒヅメのスタンプをつけて泣いたのは青山だ。

あのとき、ふざけて毒キノコを食べて【なんでもかんでも食べてみる系】の原型を作ったのは、白石だ。

俺は、肋骨《ろっこつ》を折っても最後までカメラを離さなかった自分を褒めてやりたい。

だが――俺たちのチャンネルは長くは続かなかった。

調子こいた五人はその後、くだらないネタを連発した。でも、イノシシ騒ぎはビギナーズラックで何をやっても空振り。

一年後、ついに再生回数はスズメの涙になった。

「俺たちファイブカラーズは、解散します！」――あの最後の涙の動画を見たのが何人だったのか、もう思い出したくもない。

それぞれの胸に青い時代特有の痛みを残し、卒業後、五人は上京して別々の大学に進学した。白石は生物学部、黒谷は物理学部、緑川は文学部、青山はデジタルエンタテインメント学部、おれは芸術学部へと。俺たちはたまに連絡をとるぐらいの仲になった。しばらくすると、白石が【なんでも食べちゃうぞチャンネル】を始め、それに触発されたように、他の仲間も次々とチャンネルを開設した。

俺たちはバラバラの道を進んでいった。それぞれ毛色のちがうユーチューバーとして。

4

「おー、赤城、久しぶり」

錆びついたドアが軋み音をたてて開き、最初にフロアに入ってきたのは黒谷だった。すべての窓に厚い板が打ちつけられた空間は、高窓から差しこむ光だけで薄暗い。俺は赤いコンテナに腰をかけ、今か今かと仲間たちを待っていた。

「なんだよここ、エレベーター動いてないし」黒谷は息をつく。「十階まで階段とか、疲れた」

額が広いIQの高そうな顔立ち。黒いシンプルなジャンパーを着て、高校時代からあった学者肌っぽい雰囲気は相変わらずだ。

黒谷は高二のときに全国物理コンテストで入賞したという、俺とは出来のちがう頭脳の持ち主だ。現在は物理系チャンネルで、主に量子力学の動画を配信している。チャンネル登録者数は30，106人。

「だって使われてないビルだからさ」俺は座ったまま笑顔で歓迎する。

俺だって、まさかこんな場所だとは思ってもいなかった。ブアウドの魔術書が示していた座標は、東京郊外の川沿いに建つ、元オモチャ会社の廃ビルだったのだ。

十階のこの部屋は倉庫に使われていたらしく、時代遅れのピンボールマシンやクレーンゲーム、ガシャポンマシン、子供向けのキリンやウマの乗り物なんかが埃《ほこり》にまみれている。ベンチで薄ら笑いを浮かべているのは、昭和レトロなおしゃべり人形だ。

俺が座っているコンテナにはだらんと溶けたパンダが描かれている。

オンボロビルは肝試《きもだめ》しにピッタリの場所だ。どうやら遊び人の溜まり場になっていたらしく、侵入を防ぐためにすべての窓が封鎖されていたにもかかわらず、入り口は鍵がこじ開けられていた。コンクリートの壁も、窓の板も階段も、そこらじゅうペンキスプレーの落書きだらけ、あちこちにビールやドリンクの缶や瓶が転がっている。

「おまえの音楽系、ぜんぜんダメじゃんか」

遠慮なく俺を落としながら入ってきたのは、緑川だ。好奇心が旺盛そうなはっきりした目鼻立ち、シュッとした体型にモスグリーンのジャケットがよく似合う。まあ、一応は俺の動画を観てくれたってことか。

緑川は幼稚園の頃、近所で起きた強盗殺人の犯人をたまたま目撃し、彼の証言のおかげで犯人逮捕にいたって警察に表彰されたことがある。それ以来、犯罪と名のつくものにはなんでも首を突っこんできた。そうしてりっぱな犯罪マニアに成長した現在は、未解決事件の動画を配信している。チャンネル登録者数は１７，８０１人。

「まだ始めたばっかりだって」俺は言い返す。

「そうだっけ？」緑川は首をひねる。

「作曲とギターの特訓に時間かかったんだよ」

「でも不思議系やることにしたんだろ？」

「だから音楽あきらめたわけじゃないって」

その後ろから青山がおどおどと入ってきて、俺に向かって小さく手をあげる。黒縁メガネ、マッシュヘアにブルーのメッシュ、ブルーのニットにチェックシャツ。缶バッジがびっしりのリュックからはアイドルのマスコットがぶら下がっている。

青山はオタクだが、そんじょそこらのオタクではない。プロライセンスを持っているほどのゲーマーで、eスポーツアジア大会で優勝したこともある。現在はゲームプレイ系の動画を配信中。チャンネル登録者数は52，341人。

「ねえ、ブアウドの黒魔術ってホントなの？」青山はポケモンのガシャポンマシンを見つけ、いそいそと覗きこみながら尋ねる。

ブアウドの黒魔術――その得体の知れないものが俺たちを再び結びつけた。黒谷と緑川も俺の答えに注目する。こんな奇妙な儀式をやるんだったら、絶対あの五人だ……そう思った俺は三年振りにファイブカラーズに集合をかけたのだ。

「それはさ」俺は語気を強める。「やってみないと――」

「ホントのわけないって」後ろから白けた声がした。

振り返ると、白石がしれっと立っている。すぐに汚れそうな白いジャンパーに白のチノパン。おいおい、自分から勧めておいてその発言はなんだ。

「お、人気モンの登場だ」黒谷が茶化すように言う。

白石は笑ってスターのように手をあげる。この五人の中でユーチューバーとしてダントツに成功しているのは、白石だ。三人は羨望の眼差しで白石に近づいていく。

「魔術の儀式とか、全く興味ないのに参加することになっちゃった」白石はだるそうに俺を見る。「でも五人必要ならさ、しかたないから付き合うよ」

なんだか恩着せがましいが、なんでもいい。とにかくこれで五人全員がそろった。

「でもさ、少しは興味あるんだろ？」俺は白石に訊く。

「だから、俺はこういうのまったく信じてないんだって。でもイベントとしては面白そうだろ？」

「あ、白石、ムカデってどんな味なんだよ」緑川が興味津々で尋ねる。

みんな同じことを訊く。自分は絶対に食べたくないけど、人が食べるのは観てみたいし、観たら忘れられないインパクトがある。そういうものがバズるってことだ。

「マズい」白石は口を歪める。「どうやってもマズい」

「栄養ってあるの？」青山も訊く。

「いちおうタンパク質」

「この前コウモリ食べてたよな」緑川は仲間のチャンネルをよく観ているようだ。

「あれもマズい。でも鍋にするとなんとかいける」

「ホントかよ」黒谷が顔をしかめる。

「今度ご馳走《ちそう》するよ」白石はにっこり笑う。

「遠慮する」

「バズるかもな」緑川が言う。

「コウモリ鍋が？」青山が言う。

「ちがう、黒魔術の中継」

緑川の発言に、俺の気分は一気に盛りあがる。

「だろ？」俺は立ちあがる。「俺は、絶対バズると思う。ファイブカラーズ復活だっ」

「イノシシに襲われたときより？」黒谷が冷静な声を出す。

「ぜったいないよ」青山が小声で言う。

俺の『ファイブカラーズ復活』の部分はあっさり全員にスルーされる。

「だからバズるって」俺は主張する。「黒魔術の経過を生中継するんだよ。そんなの観たことあるか？」

「たしかに、面白いとは、思う」緑川がうなずく。

「でも、ネットで検索しても、ブアウドなんて民族ぜんぜんヒットしなかったぞ」黒谷は疑わしげだ。

「それは俺も調べたんだけどさ」俺はバッグの中を探る。「だけど、これ見て。これって偽物とは思えないんだよ」

ブアウドの魔術書を出したとたん、緑川がおっ、と声をあげる。白石以外の三人がわらわらと寄ってきて、ページをめくる俺の手元に注目する。

「これが魔法陣？」黒谷が興味深そうに覗きこんでくる。

科学系の黒谷にこんなものはバカらしく見えるかと思ったら、意外とそうでもないようだ。

「そう、これを床に描くんだ」

俺は汚れで白が茶色になったリノリウムの床を見回す。まずは大掃除から始めなくちゃだ。

「本格的だな」緑川がふうんと唸る。

未解決事件の動画を作っている緑川は、それこそ大量の関連文書を収集している。でもさすがにこんなボロい古文書は読んだことないだろう。

「赤城、こういうのさ」白石は俺を見る。「ほんとにほんとにほんとにマジで信じてるの？」

「だって、ホントだったら楽しいだろ？」俺は言う。「何か起きたら」

何か？　何が起きる？　俺にだってそんなのはわからない。だけどやってみなければわからないことをやってみないのは、道草をくわない人生みたいにつまらない。

「まあ、信じる信じないは個人の自由だよな」白石はあきらめ顔で肩をすくめる。

と、図形をじっと見ていた黒谷が顔をあげた。

「この図形は、波動の力学をデザイン化したものだ」

「なんだよ、波動の力学って」緑川が怪訝《けげん》そうに言う。

「波の派生がぶつかり合う様子を描いてある」

「……黒谷、何言ってるかわからない」

「人生に必要な知識じゃないよな」白石がつっこむ。

だいたい黒谷の物理系チャンネルは難しくて、俺なんか正直言って観ているうちに眠くなる。だが今、黒谷の反応には期待を持たずにいられない。

「たしかに、本物っぽい」黒谷はみんなを見回す。「ただのイカサマじゃないってことは確かだ」

やった——黒谷のお墨付き《すみつき》をもらって、俺は一気に舞いあがる。

「な、なんか起きたら面白いだろ？　絶対、イノシシよりもバズるぜ。ファイブカラーズ復活だよ、なっ」

気まずい空気でフロアが静まりかえる。みんながさりげなく視線を逸らし、また『ファイブカラーズ復活』の部分は完璧にスルーされる。

「まあ、俺はさ、なんにも起きなくてもみんな面白がるんじゃないかって思うんだよね」白石がとりなすように言う。「だから、参加することに——」

「——よかった、ちゃんと五人そろってる」

いきなり、五人の後ろから女の声が響いた。

驚いて振り向くと、知らない若い女が入り口に立っている。まつ毛の長いくっきりした目、セミロングの茶髪。デニムのブルゾンに赤いチューブトップ、スキニージーンズを着て、なかなかプロポーションがいい。だが、俺たちが後ずさったのはそのルックスのせいではなかった。

彼女が手に持っているのは、本格的なデジタルビデオカメラだ。LEDライトがまぶしく輝き、レンズはしっかりこちらを見つめている。つまり被写体は俺たちだ。

「魔法陣ね」

若い女はすたすたと歩み寄ってきて、俺が開いている魔術書の図形にレンズを向ける。いきなりなんなんだ。他の四人は警戒してさらに後ずさっていく。

「魔術の力を増幅させるための幾何学《きかがく》模様よ。フラワーオブライフと似てるけど、形が少しちがう。教授はそこの類似点に興味を持って、ブアウドの研究を始めたのよ」

「あの、ど、どなたですか？」俺はやっと訊く。

「教授から連絡もらったの」女はカメラを俺に向ける。

「教授の、助手ってこと？」

「ちがいます。ドキュメンタリーの映像制作をしてるディレクターです。色川美咲《いろかわみさき》、よろしくね」

俺たちはあっけにとられて闖入者《ちんにゅうしゃ》を見つめる。わりと美人……だからではない。この儀式に他の人間が関わるとは思ってもいなかった。

「わたし、あなたたちの魔術実行の様子を記録映画にしたいなって思って」

「記録映画？」俺は初耳だ。

「教授に、記録に残してほしいって頼まれたの。でもわたし、作家としてすっごく興味がある。絶対に面白いドキュメンタリーが撮れると思うんだよね」

「そんな、記録映画って突然だな」

「赤城、聞いてなかったのか？」黒谷が問う。

「聞いてないよ」俺は白石を見る。

白石も肩をすくめる。いったいこいつは教授とどんな話をしていたのか。

「あ、あの俺たち、全員カメラつけて、生中継する予定なんですよ」俺は美咲に説明する。「スマホをチェストベルトで胸につけて」

「え、だったらちょうどよくない？」美咲は嬉しそうな顔をする。「全体を映す映像はわたしが担当すればいいじゃない」

「だけど、魔術に参加しない人がいっしょにいてもいいのかな？」

「あ……まあ、教授がいいって言うんだから、いいんでしょ」

それは確かにそうだ。ただ、俺はまだ教授に一度も会ってないし、直接連絡も取っていない。この女が言うことを信用するしかないわけだ。

「あなたはブアウドについて、いろいろ知ってるんですか？」黒谷が質問する。

「あなたたちよりは知ってると思うな」美咲は答える。

「え、じゃあ、知ってること教えてください」俺は頼む。

正直言って俺の知識はまったく足りないし、儀式の準備リストを見ただけで目眩《めまい》がしたくらいだ。美咲は、んー、と少し考えた。その間もずっと撮影は続けている。

「ブードゥー教って聞いたことある？」美咲は俺たちに尋ねる。

「あ、それゲームで見たことある」青山が声をあげる。「どのゲームだっけ」

「ブードゥー教は知ってます」黒谷が答える。

俺は聞いたことがあるくらいで、よくは知らない。黒魔術系というイメージ程度だ。

「ブードゥーはアフリカが起源だけど、迫害を逃れるためにキリスト教のエッセンスを巧みに取り入れて生きてきたって背景があるの」美咲は語る。「でも、ブアウドはちがう。同じようにアフリカの民族が起源なんだけど、ブアウドはとっても小さな部族で、これは外からは何にも干渉されずにひっそりと受け継がれてきたネイティブな魔術。だからすごく興味深いのよ」

「ドゴン族とはちがうんですか？」黒谷が訊く。

「え、なにすごい、あなたドゴン族知ってるの？」美咲が目を見開いて黒谷にカメラを近づける。

「なに？」俺は黒谷に尋ねる。「ドゴン族って」

「量子力学の研究をしていると必ず出てくるんだよ。アフリカのマリ共和国に住むドゴン族。たった二十五万人の民族で、どこからも干渉されないで千年以上の歴史を持ってるんだ」

へえ、と俺は驚く。そんなの初めて聞いた。

「宇宙から移住してきたんじゃないかっていう説もある」美咲は言う。

「宇宙から？」俺は訊く。

「その解釈は科学的じゃない」黒谷は即座に否定する。

「だったら」美咲が黒谷に訊く。「どうして肉眼では見られないシリウス星の軌道を、文明を持たない彼らが知ってたと思う？」

「それは証明されてないけど、こじつけだって説もある」

「他にも、ドゴン族には不思議な事実がいっぱいあるでしょ。ほら、衣服の模様が微粒子の伝達配列とまったく同じとか」

「それも、必ずしも一致していないっていう見解があります」

「それは、信じたくない人が構築した論理よ。それこそこじつけかも」

「反証がある限りは、真理だとは言い切れない。それが、物理の世界です」

さすがは冷静な物理系ユーチューバー黒谷、一歩も引かない。美咲は不満そうな顔をする。どうやら大胆な説を支持しているようだ。

「ドゴン族なんて初めて聞いた」俺はふたりの論争に引きこまれる。「知らなかった」

「ああ、ブアウドとドゴン族はちがうのよ」美咲は言う。「近い要素もあるけど」

「面白いな」

「赤城はすぐに信じたがるからさ」白石が混ぜ返す。

「ゲームの中にはいっぱい出てくるけどね」青山が魔術書に触れる。「魔法陣とか、黒魔術とか、白魔術とか」

「ブアウドはどっちかっていうと……黒魔術」美咲はあっさりと言う。

「おお、やっぱり黒魔術か」俺は声をあげる。

誰も動じない。黒魔術が怖くはないのか。いや、そもそも信じていないのだろう。

「わたしは、本物だと思ってる」美咲はみんなを見回す。「だから記録に残したいの。何が起きるか予想がつかない。ワクワクするでしょ？」

「だよな」俺は張り切った声をあげる。「すごい俺、なんかテンションあがってきた。きっと何か起きるよ。ようし、みんな、やるぞーっ」

オーッ——俺はスポーツ選手のように右の拳を突きあげる。熱く、勇ましく、ポジティブに。だが、その声は虚《むな》しく廃墟に響き渡る。

四人は冷めた目で俺を見ているだけだ。

「……ま、いいけど」俺は手をそろりと引っこめる。

俺の空振りを撮影した美咲がくすりと笑う。こんな場面はカットしてほしい。

「それで、ブアウの人形はどこ？」

みんなが俺に注目する。俺は自分をしばき倒したくなる。誰よりも熱く、ノリがよく、誰よりも抜けている俺。

「どうしたんだよ」緑川が言う。

「……忘れた。部屋に置いてきた」

四人が一斉にため息をつく。チクショウ、こんな時だけはちゃんとそろってやがる。

「まあ、今日は必要ないけど」美咲がフォローしてくれる。

「あ、あのう」それまで黙っていた白石が遠慮がちに切り出す。

「なに？」

「俺たち、そのドキュメンタリーの出演者になるってことですよね」

人気ユーチューバーとして稼いでいるだけあって、こいつはなかなか抜け目がない。自分の動画の制作費だって、なにしろ材料が野生だから安く済んでいる。「出演料とか言わないで」美咲が苦笑する。「その代わり――」

美咲は魔術書にカメラを近づける。儀式のために用意するように指示されているのは魔法陣ばかりではない。

「祭壇、仮面、人形、指令の袋……ほら、けっこう準備が必要じゃない。あなたたちみたいな素人がやるのはたいへんだと思うんだ。経費もわたし持ちで、全部準備してあげる。それでどう？」

俺たちは顔を見合わせる。たしかに、俺はその点で頭を悩ませていた。例えば、五人それぞれの分身である小さな人形を手作りしろと書いてあったが、この中に裁縫《さいほう》がうまいやつなんかいない。

「ちゃんとそろえようと思ったら、けっこうお金かかるわよ」美咲はもっともなことを言う。「配信用の映像もわたしがカメラ回せば見やすくなるし、これ……かなりいい条件だと思うんだけど」

「わかりました」俺は答える。

「わかったの？」緑川が俺を見る。

「わかったよ」

他の三人は黙っている。反論がなければ異議なしと解釈する。

「じゃあ、決まり」美咲は楽しそうにうなずく。「あなたたちが絶対にやらなきゃならないのは、叶えたい願望をちゃんと考えてくること。ああ、人に教えちゃダメよ。自分の中だけでね」

「どんなのがいいのかな？」緑川が腕を組む。

「なんだっていいんじゃない。それは、みんなの自由」

「世界征服とか」白石がふざける。

「僕、それにしようかな」青山が身を乗り出す。

「うーん、それはどうかな」美咲は首をかしげる。「あの、ひとつ忠告なんだけど、ブアウドの魔術書によると、願望が叶えられたらその代償も同じだけ返さなきゃならないんだって。だから願い事は、そのことも含めて、よーく考えて決めたほうがいいと思うな」

「世界征服の代償って、なんかデカそうだよな」緑川が言う。

「――なんか、怖いから他のにする」青山がすぐに撤回する。

「……つまり」美咲はみんなを見回す。「それなりに覚悟が必要だってこと」

黒谷や緑川、青山の顔が真剣になる。俺も自分の願い事をどうしようか考える。今のところ片想いもしてないし、家族も元気だ。音楽は自分の力でなんとかできる……はずだ。そういうことはわざわざ黒魔術に頼らなくてもいい。大きいことを願いすぎて、代償で何かが壊れたり、失われたり、事故に遭ったりするのは嫌だ。

大きくも小さくもない、ちょうどいい願い事とは――。

「おいおい、おいおい、まさかみんな本気にしてんじゃないよね」白石が苦笑する。「これってさ、ネタだろ？　五人でバカバカしいことに真剣に向き合って盛りあげようって話でしょ？　そんな真剣に考えるのやめてよ」

白石は笑いながら黒谷の腕を叩き、俺の胸をこづいてくる。

「視聴者だって、こんなバカなことやる俺たちを見るのが面白そうだから見るんだと思うよ。やめてよ、そんなマジな顔するの」

「ねえ、信じるも信じないも個人の自由だけど」美咲はやんわりと言う。「願いが叶うとしたら、それは、この儀式を信じる人だよ」

白石が気まずそうに黙りこむ。美咲の言葉に、俺は胸に熱いものが湧いてくるのを感じる。願いが叶うかもしれない、いや、俺は絶対に叶うと信じてこの儀式をやりたい。

「何かが起こるんじゃないかって、わたしはすごく期待している」美咲は熱をこめて五人を見回す。「それにこれを生中継したら、ぜったいにたくさんの人が見てくれると思う。ぜったい面白いと思う。ね、だからみんな、力を合わせてイベント成功させましょうよ」

俺は彼女の右手が決意をこめて握られるのを見る。まさか勝ち鬨《かどき》をあげる気か。だめだめ、どうせ何をやってもこのノリの悪い四人がやるわけない。

「やるぞ」美咲は凛々《りり》しく拳を上に突きあげた。「オーッ」

オーッ、オーッ、オーッ、オーッ——。

俺は愕然《がくぜん》とする。白石と黒谷と青山と緑川が声をそろえ、一斉に拳を突きあげたではないか。まるでジャンヌ・ダルクに従う兵士のように。

なんだよおまえら。

5

一つの楽器が加わるとセッションは変わる。

色川美咲の登場は、俺たちにとって音楽のリズムを刻むドラマーが現れたようなものだった。おかげで他の四人もその気になり、ブアウドの儀式の準備は軌道に乗り始めた。

俺たちは趣味嗜好はバラバラだが、動画をバズらせたいという気持ち、それだけは一致している。美咲があれこれ準備している間に、五人はそれぞれのチャンネルでイベントの宣伝にいそしんだ。

【量子力学】この世は存在しない!?　二重スリット実験

「今日は、このチャンネルをご覧のみなさんにお知らせがあります」

実験の図が書かれている黒板の前で、黒いハイネックを着た黒谷が画面に向かって告知を始める。

「実は、次の土曜日の夜に、久々に面白いイベントを開催しようという計画がありま す。これ、けっこうみんな盛りあがると思うんだよね。魔法陣、黒魔術——量子力学につながる何かが隠されているかもしれません。それと、昔の仲間五人が集まるのも三年振りってことで、こっちも面白い化学反応が起きるかもしれない」

【深闇】テレビでは絶対に流さない、四谷海岸連続失踪事件

三人の未解決事件の失踪者の写真をバックに、緑川はちょっと眉をひそめてミステリアスな音楽とともに話す。

「まずは黒魔術のイベントの告知からだ。さっそくですがみんな、ブアウドって聞いたことあるかな?　ないよなぁ。あのね、アフリカのすっごくマイナーな少数民族なんだけど、そこに何百年も伝わる魔術ってのがあって、そのマニュアルをある筋から手に入れちゃったんだよね。きっと最高の動画になるので、ぜひその目で確かめてい

ただきたい」

【なんでも食べちゃうぞ】産地直送！　新鮮イモムシを食べてみた！

小さな川のほとり、七輪《しちりん》で得体の知れないイモムシを嬉しそうに焼いているのは白石だ。

「信じる人も信じない人も、一見の価値があるっ……正直、俺は笑っちゃうんだけどさ、どうやら願い事が叶うらしいんだよ。それで、ファイブカラーズって覚えてる人いるかな？　最初、俺たちは五人で動画配信やってたんだ。で、森にキノコ狩りに行ったらイノシシに襲われてさ、死にそうになったんだよ。それがバズって――まぁいや、そんな昔のことは。とにかく、その五人で魔術の中継をやろうってことになったんだ」

【ゲーム実況】完全攻略！　ファイナルファンタジーⅦリバース

青山はせっせと戦闘系のゲームをやりながら黒魔術についてしゃべっている。画面では勇者が羽根のはえた悪魔と戦っていて、チュドーン、ピローンと効果音が響く。

「でね、魔術をやる場所は秘密にしとかなきゃいけないんだって。指定された時間に、指定された場所で儀式をやると、願いが叶うらしいんだ。でも、願い事は人に言っちゃだめなんだって。そんで、叶う願いが大きいほど、その代わりに払う代償っていうの？　それも大きくなっちゃうらしいんだ。で、僕はちょっとした願いを考えた。叶ったら嬉しいなっていう願い。ひさびさに五人そろうからドキドキしてるけど」

俺はみんなの動画をくまなくチェックし、ちょっと安心した。なんだかんだ言ってやる気になっているようだ。俺は再生回数はいちばん少ないかも知れないけれど、熱量はいちばん多い。ギターの横にブアウ人形を置いて、エクソシストのテーマをつまびく。

【重大発表】コラボ配信、やります！　願いを叶える黒魔術

「魔術で何が起こるかは、俺たちにもわからないんだ。とにかく、とある大学教授がアフリカから持ち帰った魔術をリアルに実行する。儀式に使うのは、この人形――」

俺はギターを置き、カメラにブアウ人形を近づける。画面にアップになった人形はおぞましいほどの存在感だ。

「ほら、なんだかすごく本物っぽいでしょ。じっと見てると、なんかすげえ迫力感じるんだよね。だから俺は、何かが起きるんじゃないかって、実はすごく期待してるん

だ。みんな、俺たちといっしょに不思議体験の目撃者になってくれ」
ブアウ人形は穴のような目でじっと視聴者たちを見つめている。儀式がうまくいってバズったら、そして俺の願いが叶ったら、ブアウド魔術に捧げる歌でも作ろうか。
「生配信、お待ちしてますっ」

黒魔術の予告動画は、少なくとも俺のハッピーバースデーよりははるかに反響があった。コメント欄にも期待や応援の声が集まってくる。
絶対にこの儀式を失敗させるわけにはいかない。俺はあらためて魔術書を開いて予習を始めた。他の四人には今日、色川美咲から手順のコピーが送られたばかりだ。

〈フロアの床に　ブアウド族独特の魔法陣を正確に描いていく
そして　その中央にブアウド仮面を添えた等身大の人形を据える
その前に祭壇を作り　そこにブアウの人形を置く〉

つまり、人間ぐらい大きな像の前に、この小さなブアウ人形を供えるわけだ。

〈参加する五人の男性は　円陣の五ヵ所に均等間隔で座る

その前にそれぞれの化身としての人形を置く〉
つまりマスコットみたいなものよ、と色川美咲は言った。あなたたちの名前のカラーに合わせてわたしが作ってあげる、と。つまり俺は赤城だから、レッド系の人形がくるわけだ。どんな人形ができるか楽しみのような、怖いような。
〈人形の横には黒い封筒
その中には　あらかじめ用意したそれぞれの願い事を書いた紙を入れておく
願い事は自らの口で他者に知らせてはならない〉
人に言ったら魔法が解けるのか。俺は自分の心の中で願い事を確認し、五線紙にボールペンで書いて折りたたむ。うっかり口を滑らせたらおしまいだ。
〈髪の毛を切って　人形のポケットに入れる
さらに　血液を人形に――〉
血液？　俺はおののいて、今まで斜め読みをしていた箇所を読み直す。だが、何度読んだって内容は変わらない。

「血液とかぁ、きっついなあ」

その俺の独り言が聞こえたように、ピヨピヨとパソコンのビデオ通話が呼び出し音をたてる。見れば、五人のグループチャットだ。俺は嫌な予感がした。

『読んだ?』緑川が現れるなり憂鬱《ゆううつ》そうな声を出す。

次々と他の三人も参加してくる。全員がムカデの唐揚げでも食べたような表情だ。

『読んだ』黒谷のテンションも低い。

『あのさぁ、血がどうのこうのって』

『そうそう』青山もうなずく。

『きつくね?』と緑川。

きつい、きつい、きつい、と三人がエコーのように答える。俺も思わずきついと続きそうになって、あわてて言葉を飲みこむ。

『俺、やっぱやめようかなあ』白石がこともなげに言う。

『あ、僕も』青山があっさりと続く。

「おいっ」俺は思わず声をあげる。「おいおいっ」

『だって指切るのとか、やだよ』白石が顔をしかめる。

これが野生のシカやらウサギやらを狩って腹をかっさばいて食べている男の言うこ

とか。

「待てよ、そんだけ本気だってことだろ」俺は主張する。「バズりたくないのかよ。なんだよ、みんな最後はやる気になってただろ」

『だって、血はさあ』白石はぐずる。

「だからさ、血を使うってことは本物の魔術だってことだろ」

『だけどなあ』黒谷もドン引きしている。

「や、これってきっとマジだって。だからほんとに願いが叶う可能性が――」

『言っとくけど、俺はまったく信じてない』白石は断言する。

『正直、僕も』青山も続く。

『俺も実は、信じてない』

緑川よ、おまえもか。俺は愕然とする。今やブアウドの魔術の儀式は風前の灯火《ともしび》だ。

「や、検証の価値はあるさ」俺は必死に説得にかかる。「これってマジだって。みんな、もうやるって決めたんだからさ、やろうよ、な」

四人の画面が静まり返り、目があっちこっちを向く。このままなかったことにするつもりか。俺は助けを求めるようにブアウ人形を振り返る。

黒々とした穴のような目。そういえば、俺と白石以外はこいつの実物は見ていない。

「俺、思うんだよ。この、ブアウ人形って、本物だぜ。じっと見てると感じるんだよ」

『なにを』黒谷が問う。

「なんか――迫力」

『気のせいだって』緑川が言う。

「気のせいじゃないってば」

俺はブアウ人形をつかんでカメラに近づけてやる。はたして画面越しにこの迫力が伝わるか。

「見ろよ、ほら、な」俺は必死に頼みこむ。「頼むよ、なっ、みんなお願いします、絶対バズるって、なっ」

6

ダ、ダン……ダン、ダダン、ダン――。

どこかから微《かす》かな低音が聞こえてくる。脳の芯を揺さぶるプリミティブな打楽器。

人類が最初に手にした楽器は打楽器で、その振動は体の中の空洞に響き、細胞を共鳴させるという。俺はぼんやりと薄目を開けた。青黒い闇の向こうにコンクリートの天井が見える。

ここは、どこだ。

俺はたしか、自分の部屋で魔術書を読んでいたはずだ。それなのに、いつの間にか冷たくて固い床の上に横たわっている。体を起こしてあたりを見回すと、見覚えのある落書きだらけの壁が目に入った。

深いブルーの空間。ここはあの廃ビル、儀式のフロアだ。

俺の尻の下には、あの魔術書に書かれていた魔法陣がそっくりそのまま描かれている。祭壇はもうすっかりできあがっていた。大きな蠟燭《ろうそく》や供物が並び、ブアウ人形はその真ん中にちょこんと乗っている。そして、正面にそびえているのは、恐ろしい仮面をつけた等身大の像だ。

真っ暗闇の二つの穴の目、叫びをあげているような丸い口、ケロイドの皮膚に似た異様な紋様の仮面——これがブアウド仮面か。ブアウド仮面の像は足元までの黒マントをまとい、首には幾重にも数珠《じゅず》を巻いて、手には鈍く光る長い剣を持っている。

ダン……ダダン、ダン——その黒魔術の準備が整った不気味な空間に、どこからかアフリカのリズムが響いている。それに歌とはいえない人間のうめき声が加わる。

俺は震えあがった。低いうなり。俺以外、他の四人や美咲はいない。誰も——。

いや。

祭壇の向こうで黒い影がゆらりと動く。闇が質量を持ち、呪われた生き物が形をなすように。ブアウド仮面の像の後ろにゆっくりと人影が浮かびあがる。それは、同じような仮面をつけて黒マントをまとい、同じような剣を持っている。

俺は声が出ない。ゆらーりゆらーり、仮面の者はリズムに合わせて異様な踊りを始める。すると、その数が二人になり、四人に増え、どんどん増幅しながら俺の周囲を回り出す。踊っている者たちは子分なのか、分身なのか。祭壇の中央のブアウド仮面だけはボスかのように動かない。魔物たちはうなり声をあげて剣を振り回し、踊りながら俺を取り囲んでくる。まるで生贄《いけにえ》を捧げる儀式でもしているように。

俺は動けない。硬直したままこの恐ろしい光景を凝視している。

そのとき、踊りがぴたりと止まった。

魔物たちが俺との距離を縮める。俺は声もなく頭上にずらりと並ぶ無表情の仮面たちを見る。そして、その手の剣が一斉に振りあげられるのを。

次の瞬間、剣は俺に向かってまっすぐに振り下ろされ——。

うわああっ——俺は絶叫し、間一髪、刃をよけた。ハラハラと切られた髪が舞い散る。もがくように飛び起きると、仮面の者たちはかき消え、不気味な音が止んだ。目の前にブアウ人形が見えた。口から苦しげな顔を吐きながら俺を見つめている。だが、それはテーブルの上だ。

ここは、俺の部屋だ。

ブアウ人形の横には開きっぱなしの魔術書。俺はいつの間にか寝落ちしてしまったらしい。ただの夢——悪夢を見ただけだ。

心臓はまだバクバクしている。本当に殺されるかと思った。それにしてもいつ電気を消したのだろう。深夜の部屋は薄暗く静まり返っている。

そのとき、背後にかすかな気配を感じた。

何かがいる。確かにいる。まさか、あのブアウド仮面がこの部屋に——俺はゆっくりと首を動かして恐る恐る振り向く。窓際の赤いカーテンの前に誰かが座っている。俺の喉がヒュウと音をたてる。

老婆だ。怪談から抜け出してきたような恐ろしい老婆が正座している。灰色の長い髪、灰色の格子柄《こうしがら》の和服、俺を見つめる皺深《しわぶか》いゾウのような目。

「……ゆうた」老婆が口を開く。

しゃべった。なぜ、俺の名前を知っているのか。

「——だ、誰？」俺はかすれた声を振り絞る。

「おまえの、ひいい、ひいおばあちゃんだよ」

「ひ、ひ、ひい、ひいおばあちゃん？」

つまり百年以上前に死んでいるということだ。俺の体が地震のように震え出す。

幽霊だ。そんな昔のご先祖様のことは知らないし、親に聞いたことも写真を見たこともない。だが、そういわれると目のあたりが田舎の祖母に似ている。

「ゆうた……」ひいひいおばあちゃんが俺を呼ぶ。

「はい」俺の返事は裏返る。

なぜ、いきなり俺のところに化けて出てきたのか。老婆は俺のことはすべて知っているような眼差しを向けてくる。

「……やめれ」

「え？」

「いいから、やめれ」

子供に言い聞かせるような口調。俺の胸に黒い霧のような不安が押し寄せてくる。やめる？　いったい何を——そう言おうとしたとき、どこかからまたあの打楽器のリズムが聞こえてくる。

ダ……ダン、ダン、ダダン、ダン……。

あれは夢ではなかったのか。またしても地底から響くような不気味なうなり声が始まる。仮面の者たちは俺の部屋まで追いかけてきたのか。

突然、一陣の強烈な突風が吹き、俺の髪が逆立つ。ぶわっと天井高くまでめくれあがる赤いカーテン。老婆は動かない。肉体がないからだ。部屋中がポルターガイストのようにガタガタと音をたてて揺れ出す。この建物ごと俺をつぶそうとするかのように——。

うわあああっ——俺は再び飛び起きた。

オレンジ色の窓の光。灯りがつけっぱなしの俺の部屋。赤いカーテンはそよとも動かず、窓の外でスズメが平和そうに鳴く声がする。

明け方だ。床に寝ていた俺は跳ね起き、震える息をついている。

夢。なにもかも夢——二重構造の夢だった。

老婆など、どこにもいない。明るくなりかけた部屋を見回せば、テーブルの上のブアウ人形と目が合う。そこだけがなぜかまだ暗いような気がする。夜の闇がまとわりついているように。

もしかしたら、俺はとんでもないものを部屋に持ちこんでしまったのか。俺は悪夢への案内人のようなブアウ人形から目を離せない。

こいつは——もう夢じゃない。

7

元オモチャ会社の廃ビルは、赤黒い夕陽を背にして病んだ老人のように佇《たたず》んでいた。

いよいよ儀式の決行の日。俺は川沿いの道をひとり、イベント会場に向かって歩いていく。美咲の指示通り、名前がわかりやすいように赤いスウェットシャツを着て。横道から黒いジャケットを着た黒谷が姿を現す。何も言わずに俺と並んで歩き出す。そこにモスグリーンのシャツを着た緑川と、ブルーのウィンドブレーカーを着た青山が加わる。黙々と四人並んで歩いていくと、最後に橋を渡ったところで、白いジャンプスーツを着た白石が現れた。もう何も文句を言わずについてくる。

これで、五人だ。脱落者はいない。ブアウ人形のインパクトに負けたのか、ひょっとしたら願いが叶うかもと思ったのか。

そして、俺は決めたのだ。あのホラー映画みたいな悪夢のことなんか忘れ、この巡り巡って俺たちのところにやってきた儀式をやり遂げることを。これはビッグチャンスだ。

全員が迷いを吹っ切った。今夜、五人でブアウドの黒魔術を実行する。

埃っぽい空気を吸いながら階段をあがって十階にたどり着く。二階から九階は防火シャッターが閉まり、どこからも入れないようになっていた。つまり、使えるのは十階、最上階の十一階、そして一階の玄関付近だけだ。それもほとんどの部屋は鍵がかかって閉鎖されている。

儀式のフロアのドアを開けると、先に来ていた色川美咲がカメラを構え、入ってくる俺たちにレンズを向けた。すでに記録映画の撮影は始まっている。

「おお、すげー」

我先にとフロアに進んでいった黒谷、緑川、白石が声をあげる。

きれいに掃除された床に描かれた完璧な魔法陣。その向こうに作られた祭壇には蠟燭や供物が並び、等身大のブアウド仮面の像が立っている。虚空のような丸い穴の目、叫びをあげる丸い口、顔の異様な紋様、黒マント、首に巻かれた数珠——。

「けっこう本格的だな」黒谷が感心したようにうなる。

俺は愕然として立ちすくむ。この、すべてに見覚えがある。あの悪夢の通り、そっくり同じだ。まさか、あれは予知夢だったのか。

俺の脳裏にブアウド仮面の一団に殺されかけたシーンが蘇る。そして、それに続くひいひいおばあちゃんの姿が。あのしわしわの口から吐き出された警告は無視することにしたのに。

やめれ――。

「赤城、どうしたんだよ」

俺は黒谷の声で我に返る。祭壇の前で盛りあがっていた三人もこっちを振り返る。

「え？」

「なんか顔色悪くね？」黒谷が覗きこんでくる。

「や、ぜんぜん大丈夫だよ」俺は動揺を隠してひきつり笑いをする。

「ほんとかよ」緑川も心配そうだ。

青山も白石も、いつものおまえのノリはどうしたんだと言わんばかりに俺を見ている。

「ああ、なんでもない」

俺はブアウドの仮面を見つめる。なんだか……俺のことを見ているような気がする。これは美咲が木で作ったただの像で、マントの中は空っぽなのに。あの悪夢のせいで変な暗示にかかってしまったのか。

「赤城くん」

美咲はカメラでそんな俺たちを撮影しながら言う。

「祭壇にブアウ人形をセットして」

「あ、ああ、うん」

そうだ、それは俺の役目だ。それをやらなければ始まらない。今さらやめるなんて選択肢はあり得ないのだ。俺は自分にそう言い聞かせ、なんでもなさそうなフリをしてリュックからスカーフの包みを出す。ブアウ人形が現れたとたん、うわっと初めてリアルで見た三人が声をあげる。やっぱり実物の迫力はちがう。

俺はブアウ人形を手にして祭壇に近づいていく。目の前に立っているブアウド仮面の像に一挙一動を監視されているように緊張する。祭壇には茶色いエスニックな布が敷かれ、そこに無限大のような図形が描かれていた。ブアウ人形はその中央に置かなくてはならない。俺は両手で人形を持ち、そっと図形の交点に下ろす。

そのとたん、衝撃がきた。ブアウ人形がセットされた瞬間、何かのスイッチが入ったように。手から腕に電流のような痺れが走り、ヒューッと音がして不思議な風が巻き起こる。あおられる俺の髪、祭壇の布。俺はわっと声をあげて手をひっこめる。

「なに?」

「なんだ、今の?」

全員がうろたえ、天井を見あげ、辺りを見回す。続いて建物がガタガタと揺れ出した。

地震? いや、突風に取り巻かれてすべての窓が揺れているのだ。まるで眠っていたものが動き出し、武者震いしているように。

俺たちは呆然と立ちすくむ。わけのわからない現象の中で、つかみきれない恐怖を感じて。

だが、音は急にフェードアウトする。

再び戻った静寂の中で、みんなの荒い息づかいが聞こえる。俺はそっとブアウド仮面を振り向く。

不気味な、吸いこまれていきそうな目の穴。この小さな暗闇はどこに続いているのか。あの風は俺の顔を撫《な》でていった。まるでそれ自体が生きていて、俺に挨拶するみたいに。

俺は、俺は、本当にこの魔術をやってもいいのか。

バズるために。俺たちの願いを叶えるために――。

「さあ、みんな」美咲の気を取り直した声が響く。「準備、始めましょ」

8

ユーチューバーになるには、まずキャラクターの確立が必要だ。表に出す顔。それは普段の自分とはチャンネルがちがう。ある意味、もうひとつの顔、仮面のようなものなのかもしれない。

俺は自分のためらいを仲間に隠した。俺の悪夢なんて話しても笑われるだけだ。魔術書ばかり見ていたから影響されて、あんな夢を見ただけかもしれない。そうだ、そうに決まっている。あの風だってエアコンの通風口とかから入ってきたのかも知れない。

儀式は実行する。たとえ少々不思議なことがあっても、それこそ魔術が効いている証拠ではないか。このイベントは人生がかかった二度とないチャンスなのだ。

二時間後、すべての準備が整い、予定通りにライブ中継が開始された。

謎の黒魔術やってみた！【ブアウド族】

みなさん、お久しぶりです！　僕たちは元ファイブカラーズです。

今回、なんと一夜限りの復活をしました！

ライブチャンネルの設定は美咲がすべて整えている。祭壇の準備といい、まるで黒魔術の配信のために生まれたような女だ。

「いよいよ、ブアウドの黒魔術、実行の中継開始だっ」

俺はいつもの元気キャラで美咲のカメラに向かって笑顔で告げる。

「けっこう、というか、完璧に本格的で俺たちもびっくりしてるんだ。懐かしいお騒がせ軍団、ファイブカラーズが全員そろってる。メンバーを紹介しよう。まず俺は、やっと最近長ーい冬眠から目覚めて動画配信を再開した、音楽系の赤城勇太」

俺は後ろに並んでいるメンバーを振り返り、美咲のカメラがそれに合わせて黒谷をとらえる。

「そして、えっと、インテリ系の黒谷圭吾。量子力学の研究が専門なんだよ。量子力学ってなんだ？」

黒谷は真面目な顔で手をあげて挨拶する。

「簡単に言うと、原子より小さな――」

「いい、いい」俺は黒谷の長くなりそうな話を遮り、緑川を引っぱってくる。「そして、未解決事件探索系の緑川康隆だ」

「みんな、今日はよく来てくれた」緑川は決め顔を作る。「今回はどんな時間になるかな。さて、まず――」

「はいはいはい、これおまえの動画じゃないからね」俺は緑川を押しのけ、青山を前に出す。「そして、ゲームクリア系の青山敦だ」

「えっと」青山は控えめにカメラから目を逸らす。「今、ファイナルファンタジーⅦリバース、絶賛配信中でゴンザレス」

「ゴンザレス」俺はこのよくわからないノリにウケる。「ゴンザレスな」

俺たちが仲良く笑っていると、後ろから白石が割りこんできて自分を指差す。

「おーい、いちばん大事、いちばん大事」

「あ、知ってる奴がめちゃ多いからいいかなって思ったんだけど、ムカデやコウモリやヘビから何から片っ端から食べちゃう料理系の、白石和彦だ」

「なんでも食べちゃうぞ」白石がアップでいつものキメのポーズをとる。ちょっとしたスター気取りだ。

「あ、俺たちは全員、スマホを胸につけてるんだ」

俺はみんなの胸に黒いチェストベルトでセットされたスマホを示す。ハンズフリーで三六〇度回転、クリップで簡単に取り付けられる優れ物だ。

「これで全員のカメラの映像が見られる仕組みになってる。そして、もうひとり、メインカメラを担当してくれるのは、この黒魔術の儀式を記録に残したいっていう、とっても物好きなドキュメンタリー作家の、色川美咲」

俺は自分のスマホを美咲に向ける。美咲がスイッチングして俺のスマホ画面に切り替え、カメラを構えたまま、どうも、と小さく手を振る。なかなかいい印象だ。

「見てくれ、これが魔法陣。そして、祭壇、ブアウの人形。それから真ん中の像がつけてるのがブアウドの仮面——この仮面って美咲さんが作ったの？」

「本物だよ。わたしの所持品。胴体とかはわたしが作ったけど」

「へえ、仮面は持ってた？」

「そうよ」

教授から譲り受けたのだろうか。こんなものを私物で持っているとは、相当な変わり者だ。

「みんな、見てくれてるかな」白石が割りこんでくる。「アフリカのブァ——なんだっけ？」

「ブアウド」緑川が呆れたように教える。

「それそれ、ブアウドの魔術とか、これってどうやら実在する魔術らしいんだよね。そんなんあったらさ、なーんか起きそうだって思って絶対見たいもんな」

「なんにも起きないと思うな」黒谷が冷静に言い放つ。

「まあ、俺もそう思うんだけどね」白石がうなずく。

「おいおい」俺は突っこむ。

「でも、何か起きるかもしれないという期待の中で行動するのは、たとえ何も起きなくてもきっと楽しいはずだ」黒谷はカメラ目線で語る。「それが、量子力学的な俺の見解」

なんでもかんでも量子力学に結びつけやがって。だが、黒谷の前向きな態度は大歓迎だ。

「緑川は？」俺は訊いてみる。

「俺は、うーん、このイベントをやることになった背景にすごく興味があるな。これを計画した教授は何者なのか、とかさ」

「おお、さすが未解決事件探索系らしい意見だ」白石が言う。「要するに信じてないってことだよな」

「おいおい」俺は声をあげる。「じゃ、何か起きるかもって本気で思ってるのは俺だけかよ。え、青山は？」

「うーん」青山は腕を組む。「あ……よくわかんない」

「なんか先が思いやられるなあ」俺は気を取り直し、カメラレンズを指差す。「目撃者は君たちだっ」

儀式の開始指定時間は夜中の十二時だ。美咲は真剣な顔でアイパッドの画面のデジタル時計を見つめている。ライブ画面をチェックするために彼女はそれをベルトで斜めがけしていた。俺たちにはそばに行って覗きこまない限りアイパッドの画面は見えない。

五人は魔法陣を囲むように円くなって座り、スマホの時計を見つめている。祭壇に灯った蠟燭の炎がそれぞれの緊張の横顔を照らす。各自の前の床には、願い事を書いた紙を入れた黒い封筒と、茶色い目の粗い布袋が置かれていた。

美咲は細かいルールを忠実に守って儀式の準備をしている。布袋は古い麻で作るよう指定されていた。大きさは全部ちがっていて、書かれた番号は下になっていて見えない。あらかじめそこに置いたのは美咲で、座る場所は各自が勝手に選んだ。

あと十秒、九、八……画面に0が三つ並び、ついに運命の時がやってくる。

スタート——俺は顔をあげてみんなに合図する。もう、引き返すことはできない。

「布袋が五つ用意されている。一番目の袋から開いて、そこに書かれている指示に従うんだ」

五人の手がおそるおそる布袋に伸び、ひっくり返す。裏には黒いマジックで数字が書かれていた。俺のは〈5〉だ。

「1番」青山がひきつった顔をあげる。

青山の〈1〉と書かれた布袋がいちばん大きくて、四十センチぐらいある。

「開いて」俺はうながす。

青山は慎重な手つきで布袋を開く。中から現れたのは小さな五つの人形——つまり俺たちの化身——と、やることが書かれたふちがギザギザの茶色いメモ用紙だ。それは無漂白の古い紙を手でちぎって作るよう指示されていたが、美咲はなかなかうまく仕上げてある。おかげでなにやら魔術っぽい雰囲気があるのは確かだ。「『儀式の成功を、人形に手を添えて心の中で願いなさい』……これ、どれが誰の？」

「『人形を自分の前に置きなさい』」青山がメモを読みあげる。「『儀式の成功を、人形に手を添えて心の中で願いなさい』……これ、どれが誰の？」

「俺たちの色でいいんじゃない」隣の黒谷が言う。

赤、青、緑、白、黒――人形は五人の名前のカラーに対応している。青山はああ、と青い毛糸の服で髪もブルーの青人形を残し、他の四つを仲間に回す。顔もデザインもみんなちがっていて、なかなかうまくできている。俺の赤人形はチェックの服を着て、へんなアイマスクをしていた。白石は自分の白人形がかわいくねえとブツくさ言っている。

「祈るぞ」俺は声をかける。

俺たちはみんな指示に従い、人形に手を当てる。青山は他の人をうかがいながら、緑川は不審そうに、黒谷は冷静な表情で、白石は普通の顔で。俺は真面目に目をつぶる。願い事を心の中で唱《とな》え、自分に確認する。これでいい。

「よし、二番目にいこうか」

俺は目を開けてみんなを見回す。

「二番目は俺だ」緑川が布袋の〈2〉を見せる。

袋がカチャカチャと音をたてる。中から出てきたのは、プラスチックの五色のハサミと紙切れだ。

「『髪の毛を切って、人形のポケットに入れなさい』」緑川がメモを読みあげる。

楽勝だ。緑川は四人に四色のハサミを回し、自分は緑のハサミで顔の周りの髪の毛をチョキンと切って、緑人形のポケットに入れる。各自がそれぞれ同じようにやった。

「じゃあ、三番目にいこうか」

黒谷が自分の〈3〉の袋を見せ、開けたとたんにため息をつく。中から出てきたのは、スポイトのような形をした小さなプラスチックの器具だ。

「『血液を一滴、人形の心臓に染みこませなさい』」黒谷が低い声で読みあげる。

きた。わかっていたことのはずなのに、全員がたじろぐ。前にボイコットされそうになった時はなんとか俺が説得したのだが。

「やだなぁ」白石がまたぐずり出す。

「僕も」青山がもう帰りたそうな顔になる。

「その器具で？」緑川が指差す。

「そうみたい」

黒谷が一個を取り、みんなにひとつずつ配る。全員が恐々と受け取った。簡単な医療器具のようで、ボタンを押すと針が出る仕組みらしい。

「もうやるって決めたんだからさ」俺は明るい声を出す。「ビビるなよ」

「やっぱ、やめたくなった」白石が言う。

「おいおい」

みんなまるで予防注射を嫌がる小学生のガキだ。俺も人のことは言えないけど。

「さあ、やろう。黒谷」

そのとき、緑川が突然、黒谷を励ますようにうながした。

「あれ」黒谷が意外そうな顔になる。「緑川も嫌がってただろ？」

「そんなにビビる必要ないって」緑川はあっさり言う。

「大丈夫よ」そんな俺たちの様子を撮影していた美咲もうなずく。「ちょっとチクッとするだけだって」

「ほらな」緑川はみんなを見る。

「緑川、いつの間にかめちゃ前向きなんだね」白石が皮肉っぽい口調で言う。

「出血も脱糞も忌《い》み嫌う人がいるけど、それらは人間の営みとは切り離せないものなんだよ。俺たちはこれから、地球上の文明人で初めての行為をやろうとしているんだぞ」

「ふうん、緑川は信じることにしたんだ」白石が言う。

「俺が興味あるのは、この行為を俺らにさせようとした人の思惑はいったいなんだろうってことさ。さあ、可能な限り、儀式を続けようよ。な、黒谷」

緑川にうながされ、黒谷が腹を決めた顔になる。

「ん、まあそうだな。チクッとするだけだっていうし」

黒谷は右手で器具を持って左の中指に当てる。そして、意を決したようにボタンを押し、ウッとうめいた。

「痛い？　痛い？」青山が自分が痛そうな顔で黒谷に訊く。

「ちょっとだけな」

器具を離すと、黒谷の中指にぷっくりと赤い血が盛りあがってくる。黒谷はそれを自分の黒人形の胸に押しあてた。グレーの服に赤黒いシミができる。

青山は、ちょっとだけか、と呟《つぶや》きながら自分の器具を見つめる。その親指に盛りあがっているのは立派なゲームダコだ。けっこう痛そうに見えるが、それとこれとは話が別らしい。

「たいしたことないって」俺は自分がまだやってもないのに無責任に言う。

青山はビビりながら、がんばって細い中指に器具を当てる。そして、目をつぶってボタンを押した。器具を離すと指先に一滴の血が浮かんでいる。

「痛くなかった」青山は不思議そうな顔で言う。

それから自分の青人形に血をつけ、達成感をみなぎらせてみんなを見回す。

「ほんと？」白石が念を押す。

「うん」

白石は安心したように器具を持ち、同じようにやる。

「ほんとだ」

白石の血をつけられ、胸に真っ赤な花を咲かせた白人形はちょっと不気味だ。

よかった、ぜんぜん痛くないのか。実は内心ビビっていた俺も安堵《あんど》する。

「だからさ、たいしたことないんだから、いちいち騒ぐこと――」俺は自分の指に器具を当ててボタンを押す。「痛っ、いってっ、めっちゃ痛いよこれっ」

美咲が笑い声をあげる。結局いちばん騒いでいるのは、俺だ。

「皮膚には痛点ってのがあるんだよ」緑川が平気な顔でさっさと自分の人形に血をつけながら言う。「そこを直撃したんだ」

「痛点だと？」

なんで俺だけそんな地雷を踏むのか。俺は痛みをこらえながら赤人形に血をこすりつけた。幸い赤だからまったく目立たない。

「次は、俺の番かあ」白石が〈4〉の布袋を取りあげる。

薄っぺらい。中から出てきたのは、一枚のメモだけだ。

「『願いの紙を入れた封筒を、心をこめて、人形の下にそっと置きなさい』」

読みあげる白石の口調は卒業式の司会みたいだ。俺たちはそれぞれの前に置かれた黒い封筒を、自分の人形の下にそっと置く。白石もちゃんとやることはやっている。

「次は赤城の番だ」黒谷が俺を見る。

俺は緊張して〈5〉と書かれた布袋を開ける。中から出てきたのは数枚の紙切れだ。

「『声を合わせて、呪文を三度唱えよ』」俺は指示を読みあげた。

出た。魔法陣ときたら呪文がセットに決まっている。俺はとても意味があるとは思えないカタカナが並んでいるメモをみんなに回した。

「呪文かあ」白石は白けた声を出す。

「あまりにも非科学的だ」黒谷も言う。

「お経みたいなもんだろ」緑川はクールだ。

青山は渡された呪文をじっと見つめている。と、ポーカーのトランプカードのように床に裏返してしまった。

「青山、どうかした？」俺は声をかける。

「呪文唱えるって、なんか抵抗あるっていうか……僕……やっぱやめようかな」

まさか、ここまできてドタキャンか。

「はあ、おまえ何言ってんだよ」俺はあわてる。「な、これ、中継してるんだぞ。わかってるのか？」

「うーん」青山は考えこむ。「だって……」

「血を出すのまでやったのに、呪文は嫌なのかよ」

「呪文のほうがヤダって」

俺は血のほうがずっと嫌だ。他人のデリカシーの線引きはどこにあるかわからない。しかしここでひとりでも欠けたらおしまいだ。

「これ、何人ぐらい観てるんだろ？」黒谷がふと思い出したように美咲を見る。

確かに、そこのところは重要だ。もし視聴者が少なかったら黒谷もリタイアするつもりなのか。みんな一斉に撮影している美咲を振り向く。

美咲はカメラを回したままアイパッドを確かめ、小さく驚きの声をあげる。そして、俺たちに向かって左手の人差し指を立てて見せた。

「百人？」黒谷が尋ねる。

すごい数字だ――いや、そう思うのは俺だけか。だが、美咲はちがうと首を横に振る。まさか、十人じゃないだろうな。

「千人？」黒谷が訊き直す。

美咲はまた首を横に振る。

「一万人？」俺は驚いて言う。

美咲がうなずく。そんな、まさか――。

「すごい、どんどん増えてるよ」美咲が目を輝かせる。

おそらくトレンドに入ったのだろう。すげえ、すげえ、と四人が浮き立った声をあげる。一万人が今、この瞬間に、一挙一動を見守っている。場の空気が一瞬にして変わった。

「やっぱ、みんな観たいんだね」言い出しっぺの白石が感心したように言う。

「ここでやめるわけにはいかないよ、な」緑川が青山を見る。

みんなが青山に注目する。一万人も青山に注目しているはずだ。このイベントがバズるかどうかは青山の選択にかかっている。

「わかった」青山はいそいそと呪文の紙を拾いあげる。

もうやめる気なんかすっかり失せている。視聴者数にモチベーションをかきたてられ、今ならみんなちょっとぐらいヤバいことでも恥ずかしいことでもやりそうだ。

「じゃ、いくぞ」俺はみんなを見回す。「せーの」

五人は合唱でもするように一斉に口を開いた。

ブアウ　ブアウド　ブアウ　ブアウド　アルパチカブト　アルパチカブト
カヤクウヤ　カヤクウヤ　ブアウ　ブアウド　ブアウ　ブアウド――

いったいこんな言葉になんの意味があるのか。お経や聖書の言葉には力がこめられているると聞いたことがあるが、本当だろうか。俺はハリー・ポッターやエクソシストやドラゴンクエストなんかを思い出しながら、一回、二回と呪文を繰り返す。そして、三度目の最後の言葉を唱え終わった、その瞬間だった。

いきなり、突風が吹いた。何かが、誰かが、異質なエネルギーがどこかから降りてきたように。さっきの風と同じだ。それは魔法陣の上をぐるりと回った。

揺れる俺たちの髪、祭壇の蠟燭の炎。

照明がチカチカ、チカチカと点滅を始める。ガタガタガタ――どこかから音がする。また地震のように建物が震えている。俺は思わず腰を浮かせて辺りを見回す。一度目よりも長い。

だが、やがて異変は消え、静寂が戻る。さっきより深刻な静寂が。

「な、なんか起きた」俺は焦《あせ》る。

白石と青山の顔は明らかに怯《おび》えている。気のせいにするには長い時間だ。まさか、呪文の作用かなんかなのか。

「風だ」黒谷が抑えた声を出す。

「ここは密閉されている空間のはずなのに、確かに、風が巻き起こった」緑川は冷静に分析しようとしている。「なぜだ」

「中継見てた人たちは、何か気づいたかな?」

俺が訊くと、美咲はアイパッドをこちらに向けて見せた。

中継画面にはずらりとコメントが並び、どんどん上にスクロールされている。

『なになにどうなったの?』『音が聞こえた……』『これマジ?』『風くらい吹くだろ』

『裏でスタッフ隠れてるんじゃ?』『ヤラセ』『怖い』『マジなわけねーだろ』

半信半疑のコメントが大半だが、すごい反響だ。賛否両論はバズりの原点。ある意味この展開は狙い通りだ。

「さあ、儀式を続けましょ」美咲はうながす。

どうやら美咲は異変が起こったことはあまり気にしてなく、むしろ歓迎しているようだ。

「五個の袋を開けて指示に従った」俺は言う。「じゃあ六個目以降はどこから出てくるんだよ。指令は全部で九個だって書いてあっただろ」

「ああ、九個だった」緑川はうなずく。

ドン——そのとき、前触れもなく大きな音があがる。何かを叩くような音。五人とも驚いて飛びあがる。

「な、なんだ――」俺は焦った声をあげる。

「あ、あ、あれっ」青山が祭壇を指差して後ずさる。ブアウ人形が赤い光を帯び、それを中心にして奇妙な風が巻き起こっている。まるで見えない手が竜巻を起こしているように。

俺たちはまたしても異変を目撃する。ブアウ人形が赤い光を帯び、それを中心にして奇妙な風が巻き起こっている。まるで見えない手が竜巻を起こしているように。

俺たちはブアウ人形に目が釘付けになる。木彫りの人形が血肉を持ち、命を吹きこまれたように不気味に光っている。美咲はカメラをズームしてその異変をしっかり捉える。俺たちがおののいているうちに光は収まり、蠟燭の炎を吹き消すようにふっと消えた。

「おい」俺は怯《おび》えた声をあげる。「おい、なんなんだよこれ」

「ねえ、今、光ったよね」青山が泣きそうな声を出す。

「ああ、光った」さすがの黒谷も呆然としている。

白石は腰を抜かしそうになって目を泳がせている。何かあると思っていた俺でさえ自分の目が信じられない。

これは、現実だ。ここにいる六人だけではない、一万人の視聴者全員が同時に目撃している。

ブアウド魔術は本物だったのか。俺たちは今、本当に効力のある黒魔術を始めているのか。

「わかったぞ」

そのとき、緑川が声をあげた。未解決事件で犯人にたどり着いた探偵のように。

「な、何がわかったんだよ」白石の声は震えている。「俺もう、やめたくなった。な、なんか怖いよ、帰りたいよ」

「なに言ってんだよ白石」俺はたじろぐ。「ここでやめるとか、できるわけないだろ」

その俺の脳裏に、またあの声が蘇ってくる。

やめれ――ひいひいおばあちゃんの声。あれは、やはりこの儀式への警告だったのか。ここですべてあきらめてやめたほうがいいのか。

「だいたい白石、何も信じてないのになんで怖がるんだよ」

俺はひいひいおばあちゃんの声を振り切ろうとする。この怪奇現象は本物の証拠ではないか。白石は最初から百パーセント信じてなかったからこそショックも大きいのだ。

「ちょっと落ち着けよ」緑川が妙に冷静な声を出す。「俺はわかった」

「だから緑川、何がわかったんだよ」俺は訊く。

「俺は緑川の説明が聞きたいな」黒谷が言う。

「だから、簡単だって」

「簡単？」

「そうだよ、簡単だよ」緑川はおもむろに立ちあがる。

美咲のカメラがその姿を追ってズームする。緑川はレンズの前を歩きながら言う。

「美咲さん——あなたですよね」

「なんのこと？」美咲がレンズから目を離して緑川を見る。

「犯人は」緑川はカメラを振り向くと、レンズに向かって指を突きつけた。「あなただ」

画面にめいっぱいカッコつけたユーチューバーモードの緑川のキメ顔が映る。完全に自分に酔いしれている。

「だから何の？」美咲は戸惑《とまど》い顔だ。

「風、音、そしてブアウ人形の光」緑川は一つずつ指で数える。「こんなの子供騙しだろ。簡単な仕掛けで全部できる」

美咲の口がブアウド仮面の口そっくりに丸くなる。緑川はマジックの種を見破ったように自信満々で祭壇の後ろを歩きだす。

「ここの準備を引き受けて、俺たちに何もさせなかったのはこのためですよね。みんな、あなたがあらかじめ用意してたんだ。魔術だって？　全部仕込みでしょ？　もしかして仲間がどこかに隠れてるんじゃないですか？」

え？　と俺たちは思わず辺りを見回す。誰かが物陰とか天井裏に隠れて、舞台のスタッフみたいに音を立てたり風を起こしたりしているというのか。

「あなたさ、未解決事件探索系だっけ？」美咲は信じられないように苦笑する。「何でもかんでも起きることが種明かしできると思ってるんだ」

「ちょっとこのイベント、というか事件を紐解くタイミングが早すぎる気もするけどさ」緑川はうんざり口調だ。「こんな、子供騙しみたいな仕掛けには耐えられない」

「ちょっと待ってよ」美咲の声が尖る。「そんな子供騙しの仕掛けをして、あなたたちの反応を撮って、それを記録して、何かわたしに意味があるの？　何が面白いのよ。あなたの言うことが正しかったら、わたしの目的っていったい何なの？　ただのおバカさんじゃないの」

「ただの愉快犯の可能性もないわけじゃないけど、このくだらない犯行の動機なんて、あなたの背景をくわしく調べたら簡単にわかるはずなんだ」

「わたしの背景？」美咲は苦笑する。「それはどうかな」

「俺の情報収集能力を侮《あなど》らないでほしいな」

「別に侮ってるわけじゃない。あ、じゃ、ちょっと訊くんだけど、あなたっていったいこの儀式の願い事は何にしたの？　そんなこと言い出すあなたの願いって何なのか、わたしすごく興味があるんだけど」

「それって胸にしまっておかないと叶わないんですよね」

「だって、これがフェイクだと思ってるんだったら、関係ないでしょ」

「確かに」緑川は納得したようにうなずく。「俺の、願い事は――」

俺たちは一斉に緑川に注目する。こんな現実的な男がいったい何を願うのか。

「この黒魔術のイベントを企てたのが誰で、目的はいったい何なのかを知ること」緑川は言い放った。

白石と黒谷と青山の目が点になる。きっと俺も同じような顔をしていたにちがいない。

なんと夢のない願いだ。せっかくの機会なのに、その魔術の動機を知ることが願いだなんて、アラジンの魔神に生い立ちを聞くようなものだ。

「緑川」俺は思わず口にする。「おまえ、そんなこと書いたのか?」

「そうだよ」緑川は何が悪いという態度だ。

「なあ緑川、その姿勢は否定しないけどさ」黒谷も意見する。「少しは遊び心とかあったっていいんじゃないかと思うぞ」

「俺は、神社でお参りするのも好きじゃない」緑川はイラついた声を出す。「願い事とか神頼みとか、そんなもんはこの世に存在しない。心の平安を求めるための誤魔化《ごまか》しなんだよ。じゃ、黒谷は、このイベントはいったい、何のために計画されたって考えてる？」

「俺は――」黒谷が答える。「魔術を本気で信じてる人が、俺たちを使って試したと考えている。実験だよ」

実験――俺はその言葉にショックを受ける。俺たちは悪魔研究所のモルモットか？

「実験ね」緑川は顎《あご》をなでる。

「――この儀式のどこかに、量子力学につながる何かが隠されてるかもって思ってさ」黒谷は説明する。「もちろん、大きな期待はしてないけどな」

儀式と量子力学？ 科学をよく知らない俺にはむしろ対極のもののように感じる。だが、黒谷は真顔だ。俺にわかるのは、魔術と量子力学にはどちらも目には見えないものだという共通点があることぐらいだ。

「美咲さん」緑川がまたカメラに向き直る。「そろそろ白状してください。これ、全部あなたが仕込んだ仕掛けでしょ？」

「ちがいます」美咲は淡々とその顔を撮りながら答える。

「強情だなあ」

「だってちがうんだもん」

「だったら、ブアウ人形がなんで光ったか調べてみようか」

緑川はそう言いながら祭壇に向かおうとする。

「だめ、やめてっ」美咲が顔色を変え、初めて感情的な声をあげる。

緑川はほらね、と薄笑いを浮かべて俺たちを見る。

「どうしていけないのかな？」

「儀式の最中には触れたらいけないのよ」

「またまた」

「だって、考えてもみて。このブアウ人形は赤城くんが持ってきてみんなの目の前で置いたでしょ。像が光る仕掛けなんて、わたしには仕込めない」

「おお、そうだ」俺もうなずく。「俺が置いたんだ」

「おいおい、祭壇を作ったのは誰だよ」緑川は指摘する。

俺はしげしげと祭壇を見ながら思い出す。確かに美咲が全部作り、俺は指定された場所、敷物に描かれた無限大のような形の真ん中にブアウ人形を置いた。もしかして敷物の下に何か電機的な仕掛けがあった？　そんなことが美咲にできるのか？

「わたしがどうやってブアウ人形を光らせたりできるのよ。みんな見てたでしょ？祭壇に仕掛けなんて作れない」

「だから、今、見てみたらいいんですよ」緑川はさらに祭壇に近づく。

「触るのはだめよ」美咲の顔がひきつる。「儀式の続行が優先」

「その頑《かたく》なさがますます怪しいですよ」

緑川は美咲にかまわず祭壇の前に立ち、真ん中に立っている釘だらけのブアウ人形に右手を伸ばした。

「やめてって」美咲が叫ぶ。

「やめない」緑川は無造作に人形をつかんだ。

ドクン――俺の心臓が高鳴る。その瞬間、ブアウ人形が赤く光る。まるで怒りの炎が内側から燃えあがったように。赤い光は生き物のように緑川の手に伝わっていく。彼の手の内部が照らされて、人体模型のように血管が浮かびあがった。

緑川はあわてて手を離す。だが、もう遅い。光はすでに右腕を通ってあっという間に首から顔へと昇っている。俺は緑川の目が赤く光り、頬や額に血管が透けるのを見た。まるで内側から焼かれているように。

うわあああっ――緑川は絶叫した。

緑川の体がカクカクと曲がり、人間とは思えない動きをする。体中から光を発しながら、あらゆる方向に曲がったり回転したりしている。まるで生きながらデータ加工されているようだ。キュキュキュキュ……異様な音が響いて緑川の恐怖と苦痛の叫びが高まっていく。

そして、突然、消えた。赤黒い光とともに。

俺たちの目の前で、緑川の肉体は完全に消滅した。まるでこの世からいなくなったみたいに。あとには一片のチリすら残っていなかった。

9

嘘だ、あり得ない、こんなことが現実に起きるわけない。

何かが起きるかもしれない——そう思っていた俺でさえ頭が真っ白になる。

だが、まちがいなく、リアルに緑川は消えた。タネも仕掛けもなく。

「どこいった」黒谷がうろたえて叫ぶ。「緑川、どこいったんだ」

「消えた」白石はガクガク震えている。「緑川が消えちゃった」

ワーッ——青山が耐えられなくなったように絶叫する。

俺は声も出ない。推測もできない。祭壇の上にはブアウ人形が何事もなかったように立っている。触れてはいけないものに触れ、魔術のルールが破られたのか。緑川は消されてしまったのか。

このあとに、いったい何がくるのか。

低く重い音がフロアに響き渡り始めた。地響きのような音。それはだんだん大きくなっていく。俺たちの恐怖をかき立てるように。

ジリリリリ——突然、非常ベルの音が鳴り響いた。

ズン。ゴジラに襲われたように建物が揺れ、天井から砂埃がパラパラと落ちてくる。強風に蠟燭の炎が揺れる。ブアウド仮面のマントがひらひらとひらめく。まるで踊っているように。

ズズン、ズン。次々と破壊音が鳴りわたる。ミシミシと何かが崩れる音が響く。俺たちはブアウド魔術の怒りに触れたのか。この建物ごと俺たちをぶっつぶそうとしているのか。

「危ない、逃げろ」白石が泡を食って走り出す。「逃げろーっ」

逃げ足がやたら早い。あのイノシシに襲撃されたときも白石は真っ先に逃げた。フロアの出口に向かって白ウサギのようにダッシュしていく。

「あ、僕も」青山があたふたとそれを追う。

ゴオォ……建物は恐ろしいうなりをあげている。黒谷も俺もあわてて二人を追いかけていく。

「おい、待てよっ」

「待って、どこいくのっ」

美咲が俺のあとをカメラで撮影しながら追ってくる。この危機的状況でも記録映画を中断する気はなさそうだ。だが、緑川が忽然《こつぜん》と消えてしまい、このボロビルが崩れそうな今、これ以上儀式の続行なんか不可能だ。

白石は廊下に飛び出し、階段を駆け降りていく。俺たちも転び落ちそうになりながらそれに続く。一階に着いた白石が正面入り口のシャッターに走っていく。だが、来たときには開いたシャッターが、今はびくともしない。

「ダメだ、開かないっ」青山がシャッターをバンバン叩く。

「あっちだっ」俺は裏口の方へ走っていく。

俺たちは沈みかけた船から逃げるネズミのようにつながって走っていく。地響きはさらに大きくなっている。一刻も早く外に出ないと、揺れが激しくなったらおしまいだ。

「こっち、こっち」俺は廊下の奥のドアを見つける。

裏口だ。だが、行ってみるとドアはチェーンと鍵でしっかりと封鎖されている。

「ダメだ、開かない」ドアに飛びついた俺は叫ぶ。「開かないよっ」

「他に出口を探そう」黒谷が焦って叫ぶ。

もはや冷静な人間はどこにもいない。美咲は無言で撮影しながら俺たちを追ってくる。長い廊下を駆け戻り、機械室を見つけて飛びこむ。曲がりくねったパイプやバルブ。その奥にスチールのドアが見える。白石が血走った目で鉄の扉にすがる。

「ダメだ、ここも閉鎖されてるっ」

俺たちは呆然と立ちすくみ、絶望的な顔を見合わせる。四人――ファイブカラーズが四人しかいない。その事実が俺を打ちのめす。

「緑川は？」俺はつぶやく。「どこにいるんだ？」

もしかしたらこの建物のどこかにいるかもしれない。そんな考えは楽観的か。もう緑川は死んでいるのか。

「それは後回しだよっ」黒谷が声をあげる。「他に、出口につながるところは？」

「あ」俺は今さらのように思い出す。「上の階に非常階段なかったっけ？」

「あったかも」

黒谷がすぐに走り出し、俺たちもそれに続く。あえぎながら今度は階段を駆けあがる。足が重くなり、十一階に着く頃にはのろのろ走りになっている。荒い呼吸音を響かせながら廊下をヨタヨタと走り、突き当たりにたどり着く。

だが、非常階段はどこにもない。あるのはタイルが剝がれた壁だけだ。

「出口――」俺は見回す。「ないよっ」

誰もがパニック状態だ。白石が血走った目でうろつき、黄色いテープで封鎖されたドアを見つける。

「ここは？」

〈危険・立ち入り禁止〉――ここが出口かもしれない。白石が雄叫《おたけ》びをあげて扉に体当たりする。二度、三度。

バキッと音がして、蝶番《ちょうつがい》が壊れる。白石が中へ駆けこんでいく。俺たちも押し合うようにそれに続いた。

大きな部屋だ。天井には薄暗い蛍光灯が光り、クリスマスツリーの電球がポツポツと点滅している。スイッチが入れっぱなしで、儀式のために電気のブレーカーをあげたせいで点いたのだろう。デスクや椅子、段ボール箱、玩具や備品が乱雑に積みあげられている。スクリーンの前にはマイクスタンドとスピーカー。どうやらもともと会議室だったようだ。出口どころか、窓もない。逃げるところなんかどこにもない。

そのとき、急に地響きが小さくなり始めた。俺たちは辺りを見回し、汗ばんだ顔を見合わせる。やがて建物のうなりは低くなり、完全に止まった。

静寂。しばらくの間、みんなの荒い呼吸の音しか聞こえない。ひとまずは命拾いをしたようだ。

「非常階段なんて」青山が俺を恨めしそうに見る。「どこにもないじゃん」

「どうなってんだよ」黒谷がイライラと頭を搔《か》きむしる。

「……わかんない」俺は呆然と佇む。

外から非常階段を見たような気がした。あれはパニックになった意識の捏造《ねつぞう》記憶だったのか。

「わかんないじゃないだろ、赤城っ」白石が俺に詰め寄る。

「俺だってわかんないんだよ」

「これからどうするの？」青山が訊く。

「だからわかんないってっ」

青山は力尽きたようにクリスマスツリーのそばに腰を落とす。

「どこか、他に出口はないのかな？」黒谷がイラついた声で言う。

「そうだ、窓は？」俺は思いつく。

「窓なんて、全部閉鎖されてただろっ」黒谷はキレる。「だいたい、ここは高い場所なんだ、窓からなんか出られないだろ」

確かにそうだ。低い階は防火扉で閉鎖されていて入れず、十階と十一階の窓はすべて厚い板が打ちつけられていた。まるで誰かを閉じこめるためにそうしたように。もはや、この廃ビルは俺たちの檻《おり》だ。

「もしかして、これってさ――」青山が泣き声を出す。「脱出ゲーム？」

ゲーム？　俺は唖然《あぜん》として青山を見る。俺たちはゲームのコマか？

「まさか、それとも――」青山は口ごもる。

「それとも、なに？」白石が訊く。

「……デスゲームだったりして」

もはや冗談に聞こえない。それで、最初の死者が緑川？　俺は脱力して床に座りこむ。

これがゲームの世界だったらテレポーテーションやワープがあるかもしれないし、ゲームオーバーしてもまたリセットすればやり直せる。緑川のあの消え方は、それこそゲームオーバーみたいだった。だけど、これは現実世界だ。残念ながら緑川が生きているとは思えない。

「だから俺、やりたくなかったんだよっ」白石が半狂乱になってわめき出す。「だから魔術とか嫌だったんだよ。なんで俺がこんなとこにいなくちゃならないんだよ――赤城のせいだろっ」

「そ、そんなこと言われたって――」俺はたじろぐ。

そもそも白石が俺に魔術を振ったくせに。もし、ここでみんなが死んだりしたら俺のせいにされるのか？　白石の顔が醜く歪む。恐怖が表の顔を吹き飛ばし、しまっておきたいはずの顔が仲間の前にさらけ出されている。

「緑川くんはどこ行ったの？」青山がつぶやく。

「わかんない」黒谷は追い詰められた声で言う。「それに、俺たちは――」

美咲が回りこんで位置を変え、黒谷の顔にカメラを向ける。

「――閉じこめられた」

誰に、何に、なんのために。

認めたくない事実──俺たちは何者かによってこの建物に監禁されている。これはもはや警察に通報するべき事件だ。

「ねえ、みんな」美咲が発言する。「おそらく──」

俺たちは美咲を振り向く。意外にもその目は理性的で、この重大事態に動じてないように見える。

「おそらく？」黒谷がうながす。

「儀式を最後までやらない限り、あなたたちは外に出られないんじゃないの？」

「あなたも」黒谷が美咲に近づく。「でしょ」

「そう……わたしも」

儀式を最後までやり遂げる──美咲の言葉はこの魔術を肯定している。彼女にとっては、起きるべきことが起きただけなのか。

「緑川が消えた」俺はその衝撃を思い出す。「俺たちの目の前で」

「あんなふうに、儀式を否定したから」美咲の表情は硬い。

儀式の続行が優先──あのとき、美咲はそう言った。それは記録映画のためなのか、それとも魔力の強さを知っていたからなのか。現に、ルールに逆らった緑川は消されてしまった。

「脅迫ですか？」白石が目を細める。

「ちがう」美咲は首を振る。「わたしにはそうとしか思えないってこと」

「だから俺は、こんな儀式を――」白石はまた金髪を掻きむしって叫びをあげる。

「――白石」俺は白石を遮る。

「なんだよっ」ヤケクソで白石は段ボール箱を蹴飛ばす。

「儀式を否定したら、緑川みたいになるかも」

「そんなの、ファンタジーだろっ」

「白石――」黒谷が近づく。

「もうなんだよっ」

黒谷は白石の荒《すさ》んだ目をのぞきこむ。頭の悪い子供に言い聞かせるように。

「白石、目の前で見ただろ。緑川が消えたのを」

それがすべてだ。たとえ現実的にはあり得ないテレポーテーションだとしても、全員の目の前で起きたら、それはもはやファンタジーではない。

白石は死んだような表情でへたりこむ。美咲はどん底の四人を淡々と撮り続ける。

俺たちはもう、ひとつの事実から逃れられない。

ブアウド魔術は存在するのかもしれない。

『やっぱこれガチなんじゃね？』『ありえねーから』『演技にしては迫真』

『CGだろ』『『緑川さん無事なの？』『素直に信じてるやつカワヨ』

『これ人死ぬんじゃね、配信中』

10

　俺たちが追い詰められるほど、それに比例して配信の視聴者数は爆発的に増えていく。想定外のアクシデントに驚いている者、よくできたシナリオだと笑う者。バカバカしいとディスりながら見続ける者。同情する者。だけど、誰にも俺たちを助けることはできない。

　儀式のフロアに戻る俺たちの足取りは死刑囚のように重かった。

　このまま儀式を続けるしかない。この先、何が起きるかわからなくても――これが俺たちの出した苦しい結論だ。そもそも他に選択肢はない。

「なあ、儀式を続けるってさ」白石が不安げに言う。「いったい何すればいいんだよ？」

　ブアウド仮面の像もブアウ人形も静かに祭壇で待っていた。俺たちがまた戻ってくるのがわかっていたかのように。俺たちを人質のように閉じこめているのは、本当にブアウド魔術なのか。

「もう一度、冷静になって緑川を探すのがいいんじゃないかな」黒谷が提案する。

「だって、消えたんだよ」青山が言う。「どこ探せばいいっていうんだよ」

まさかこの建物の中のどこかにいる？　もしくは死体が転がっている？　そんな可能性があるのだろうか。

「六個目の指令ってどこにあるんですか？」俺は美咲に訊く。

「わたしにもわからない」美咲は言う。「どこかから指令が届くはず」

「そんなことって――」

ありえない、ということがもはやここではあり得ない。なんだってありだ。そう思ったとき、青山が悲鳴をあげて祭壇を指差す。

「あ、あれ――」

振り向いた俺たちは、ブアウ人形がまた赤い光を放っているのを目撃する。カメラを構えた美咲が急いで近づいていく。

次の瞬間、魔法陣の中空で赤い光がきらめいたかと思うと、何かが円の真ん中にぽたりと落ちて転がった。

茶色いもの――布袋だ。

「わたしは何もやってない」美咲が静かに言う。

「たしかに」黒谷が呟く。

やはり美咲が仕掛けを作ったなんて、無用の疑いだった。緑川は消え、指令の袋は何もないところから出現した。こんな仕掛けを作れる人間はいない。これが魔術でなくてなんだろう。

「六番目の袋だ」俺は軽い布袋を拾いあげ、〈6〉の数字をみんなに見せる。

恐る恐る袋の中を覗いてみる。一枚のメモしか入っていない。取り出して読んだとたん、体が固まる。

「どうしたんだ」黒谷が怪訝な顔で近づいてくる。「なんて書いてあるんだ」

こんなものとても声に出して読めない。無言の俺の手から紙切れをもぎ取り、目を走らせた黒谷の顔が硬直する。

「ど、どうしたの？」白石がビビる。「なに？　なんて書いてあるの？」

黒谷からメモをひったくった白石の目が極限まで見開かれる。やはり声が出ない。

「なんでみんななにも言わないの、え、なに？」青山が駆け寄り、白石の手からメモを取り読み始める。「……『おまえたち四人の中から一人』——」

青山の声が震える。俺たちは絶望的な気分でその声を聞く。

「『生贄を選べ』……？」

生贄——最悪の指令だ。重い沈黙の中に恐怖の息づかいだけが聞こえる。美咲は息をのんでカメラで俺たちの絶望をとらえ続ける。きっと視聴者数は爆あがりだろう。恐ろしい展開にエキサイトして。みんな他人事だから。

この中の誰かが一人、生贄になる。

「どうすりゃいいんだよ」俺は頭を抱える。

「わからない」黒谷は拳を握りしめている。「そんなの、わかるわけないだろ」

涙を浮かべた青山が後ずさっていく。その顔はすでに嫌な予感でいっぱいだ。青山を選んだりするものか。黒谷だって白石だって、俺たちは友だちだ。生贄なんて選べるわけがない。

「……てことは」黒谷がゆっくりと指摘する。「相手はさ、俺たちが四人になったってこと、わかってるってことだよな」

その通りだ——俺は震撼《しんかん》する。緑川の消失はアクシデンタルな出来事だ。四人になるなんて、誰にも予測はできなかった。

「つまり、その袋は、あらかじめ用意されたものじゃない」黒谷は天井を見回す。

「誰かが、俺たちを見てるんだ」

そうだ、見ている。現在進行形で、おそらく今、この瞬間も。

もしかしたら隠しカメラか、もしくはライブ中継を観ているのか。だが、緑川の消失や、中空からの布袋の出現はそんなレベルではない。もっと意味不明なことが起きているのだ。

俺は祭壇のブアウ人形に目をやる。そして、その背後に立つブアウド仮面の像に。ひきつった俺の顔の皮膚に静電気のような感触が走る。

視線？　あの仮面の下はどうなっているのだろう。だが、仮面を引っぱがして緑川のように消えるのはまっぴらごめんだ。

「……なあ」俺はみんなを振り向く。「生贄って、どういうこと？」

「四人の中のひとりを選んで、捧げろってことかな」黒谷が言う。

「捧げろって、それってまさか――」

「……殺せってことかも」

こともなげに黒谷は口にする。まるでゲームの世界のように。

「そんなの、冗談だよね？」青山はすがるようにその肩をつかむ。

「当たり前だって、そんなの、冗談に決まってるって」白石も強くうなずく。

「そうだよ、できるわけない」俺も言う。

だけど、ブアウド魔術が冗談の指令を出すわけがない。美咲は無言で撮影に徹している。そうすることで議論から逃げているのか。

「あのさ」青山は目をこする。「とにかく、情報が少なすぎて判断できない。このゲームは先に進めないよ」

「選択肢は限られている」黒谷は冷静に言う。

「言ってみて」白石はうながす。

「緑川をさがすか、脱出する方法を考えるのか、それとも俺たち四人の中から生贄を選んで……捧げるのか」

「捧げるって、殺すっていう意味？」白石が泣き声をあげる。「そんなの選択肢に入れるわけないよ」

そうだ、それだけは絶対ない。絶対にやれるわけがない。俺たちはうなだれ、頭を抱えこむ。もう思考回路が動かない。

「儀式を続けるしかない」突然、美咲の声が響く。

まただ。俺たちが立ち止まりそうになると、美咲がツアーコンダクターのように先をうながす。そんなに魔術の記録映画が撮りたいのか。

「生贄を選べってこと？」俺は訊く。

「それは、わからないけど――」美咲は口ごもる。

「当事者じゃないから言えることですよね」黒谷が冷たい声を出す。

「これは客観的な意見よ」

「客観的な意見――つまり誰かを殺せと言っているわけだ」

「殺せってことなのかどうかは、わからないけど」

「生贄って、他にどんな意味があるんだよ」俺は訊く。

「そんなふうなマネをしてみたらいいとか？」白石が言う。

「マネごとで済むような事態じゃないだろ」黒谷ははっきり言う。「緑川が、あんな消え方して、俺たちは閉じこめられた。もしも、殺せってことだとしたら、緑川はもう……」

わーっ――うずくまっていた青山が突然、パニックの叫び声をあげる。

「青山」俺は驚く。「ど、どうしたんだ」

「そんなの、そんなの選ぶとしたら、僕になるに決まってるだろっ」

なにを言い出すのか。どこからどうやってそんな自虐的な考えが湧いて出たのか。

「だって、この中でいちばん弱いのって僕じゃないか。僕は弱いし、暗いし、オタクだし。だけどやだよ。緑川くんみたいに消えたくない」青山は拳を握って立ちあがる。「約束してよ、みんな、僕のこと裏切らないで。お願いだからっ」

どこの世界に生贄=自分と思うやつがいる？　ここにいる。青山にこんなに深いコンプレックスがあったとは、俺は今まで知らなかった。もしかして現実逃避でゲームの世界に逃げこんでいたのか？　だったら、地球が食糧危機になったらオタクに死んでもらうのか？　悪いが俺にはそんなアホらしい発想はない。

「お願い、お願いだからっ」青山は俺の腕をつかんで揺さぶる。「裏切らないでっ」

「そんなことするわけねーだろ」俺は叱るように言う。「落ち着けよ」

「約束してっ」

「ああ、約束するって」

「ほんと？」

「ほんとほんと、ほんとに約束する」俺は震える青山の肩を叩く。

青山はやっと手を離し、頬の涙をぬぐう。青山はもちろん、黒谷も、白石も犠牲になんかしないいし、自分も犠牲にはならない。それにはどうしたらいいのか。

「なんとかして脱出できる方法はないのかな」黒谷がつぶやく。

「そうだ」俺は突然、思いつく。「そうだよ、これをネットでいろんな人が見てるんだ。外からだったらなんとかなんだろ」

「そうだ」黒谷が顔をあげて美咲のカメラを見る。

「そうだよ、助けを呼べばいいんだ」青山もカメラ目線で近づいていく。

こうなったら儀式なんか断念して、警察や消防に通報するしかない。このまま続けたら生贄を選ばなければならなくなる。

「ここの窓、破壊してもらってさ、梯子《はしご》車《しゃ》がきてくれたら脱出できるだろ」俺はベニヤ板で封印された窓を指差す。

「ダメだ」黒谷が声をあげる。「そんなんするんだったら、生贄になったほうがマシだよ」

俺は耳を疑う。そんな人間がいるのか？

「なんでだよ、黒谷？」

「俺は——高所恐怖症なんだよ」

「え、そうだっけ？」

俺はぜんぜん知らなかった。青山も白石も初耳だという顔をしているから、今まで隠してきたのだろう。

「や、でもとにかく助けを呼ぼう」俺は希望を見出す。「なにもここじゃなくたって、入り口のドアを外から壊してもらえばいいんだ。とにかくなんか方法があるはず——」

「場所は告知しないっていうルールじゃなかったっけ」美咲の厳しい声が響いた。盛りあがっていた俺たちは、信じられない発言を聞いたように美咲を見る。彼女はそんな俺たちの顔も淡々と撮影している。

「な、なに言ってるんですか」白石の声がひっくり返る。「人がひとり行方不明になったんだ。そんで俺たち、殺人を強要されているかもしれないんだよ。こんなの非常事態でしょ」

「そうだよ」青山が叫ぶ。「脱出させてっ」

「緑川くんは、きっとどこかにいる」美咲は平然と言う。「この建物のどこかに」

なぜ、そう言い切れるのか。この女は何か知っているのか。

「仮にあれが、テレポーテーションだとしたら」黒谷が言い出す。

「テレポーテーション？」美咲は眉をひそめる。

「そう、だとしたら、この建物のどこかにいる保証なんてまったくない。テレポーテーションには距離も時間も関係ない。どこに飛んでったかなんてわからないんだ」

黒谷の説明に俺は絶望的になる。あの世でなくても、北極かエベレストかどこかに飛ばされたかもしれない。緑川がもし生きていたとしても。

「だから、建物探したって無駄だってことだよ」黒谷が結論する。

「やっぱり助けを呼ぶのが先決だろ」俺はスマホを見る。「そうだ、電話はどうなってるんだ」

「ほんとにいいの？」美咲は言う。「儀式を中断することになる」

「そんなこと言ってる場合じゃないだろっ」俺は声をあげる。

言い争いをしている場合ではない。俺は胸にセットしてあったスマホをはずして電話をかける。まずは警察だ。一刻も早くここに閉じこめられていることを通報しなければ。美咲はもうそれ以上抗議せず、そんな俺の様子を撮影している。

「あれ？」

発信音が聞こえない。俺はもう一度番号をタップする。一、一、〇。

「……通じない」俺はみんなを見回す。

「なんで？」黒谷が自分のスマホを操作する。「俺のもダメだ。電話自体が繋がっていない」

「なんで中継はできるのに電話はかからないの？」青山が泣きそうになる。

「メールもできないよ」白石も自分のスマホを操作して青ざめる。「どういうことだ」

あり得ない。だが、ここはすでにあり得ないことがあり得る異常な空間と化している。

「だからやっぱり」美咲が言う。「儀式を続けるしか方法がないんじゃ――」

「場所をカメラに向かって言えばいい」黒谷が声をあげる。

「おお、そうだ」俺はさっそく美咲のカメラを向く。

視聴者たちは俺たちを心配しているはずだ。俺はカメラ目線で呼びかける。

「みんな、俺たちを助けて――」

美咲はさっとカメラを俺から逸らして下に向ける。

「ほんとにいいの？」

信じられない妨害行為だ。俺たちがここで殺しあっても本当にいいのか？

「いいに決まってるでしょっ、貸してっ」

青山が叫び声をあげて美咲に駆け寄り、白石といっしょになって力ずくでカメラをもぎ取ろうとする。

「わかった、わかったから放してっ」

美咲はふたりを振りほどき、憤然と俺にカメラを向ける。これで儀式はおしまいだ。

「みんな」俺は正面から視聴者に呼びかける。「今までの中継見てたら、何が起きてるかわかってくれたよな。誰か、俺たちを助けにきてくれ。人がひとり消えちゃったんだ。そんで俺たちは閉じこめられてる。外の人たちが頼りなんだよ。それしか助かる方法がないんだ。俺たちのいる場所は――」

プツッ。かすかな音がして、美咲が声をあげる。

「あ――」

「なに？」俺はカメラから目を離した彼女を見る。

「電源が落ちた」

カメラの赤ランプが消えている。黒谷がエッと声をあげ、自分が胸につけているスマホを確かめる。

「スマホも落ちてる」

そんなバカな。俺もあわてて自分のスマホを見ると、画面は真っ黒だ。

「俺のも」白石が唖然とする。

「ほんとだ、僕のも」青山もうろたえる。

通信の不具合か。そのとき、ピピッとカメラが音をたてる。

「あ」美咲が声をあげる。「戻った」

見れば、俺たちのスマホも次々と復活している。

「戻った」黒谷がほっとした声を出す。「よかった」

どういうことだ。ただの一時的な電波障害か。俺は胸を撫でおろし、あらためて美咲のカメラに向き直る。

「みんな聞いてくれ、場所は――」

プツッ――またカメラの電源が落ちる。まるで誰かがスイッチを切ったように。スマホも再び真っ暗だ。俺たちは呆然として顔を見合わせた。

「どういうこと？」白石が訊く。

「場所を言おうとすると電源が落ちる」黒谷が答える。

「そんなバカな――」俺はぞっとする。

まるで悪意のある何かが、俺たちを外に出さないように阻止しているようだ。いったいなんのために？

美咲のカメラがまたピピッと音をたてる。

「戻った」美咲が静かに告げる。

いや、もう一回トライだ。今までのはただの偶然かもしれない。俺はレンズに向かって口を開く。早口で住所だけ言えばいい。

「ここは――」

プツッ。また電源が落ちる。スリーアウトだ。

まちがいない。俺がここの場所を明かそうとすると電源が切れるのだ。俺たちはどうやっても脱出できない。

まさか、これは儀式を続行させるためなのか。

「どんな仕組みなんだよ」黒谷がうなる。

「絶対なんかの仕掛けがあるんだよ」白石が美咲を指差す。「この人が操作してるんだ。そうに決まってる」

「冷静になってよ。あなたたちのスマホの電源も同時に落ちてるんでしょ？　わたしにそんなことできっこない」

ピピッ――そう言っている間にまたカメラの電源が戻り、俺たちのスマホも明るくなる。

「貸して」

黒谷が美咲の手からカメラをもぎ取る。美咲はもうスイッチには触れられない。黒谷は俺にレンズを向ける。

「場所は――」俺はカメラに向かってもう一度口を開く。

カメラは黒谷の手の中で瞬時にブラックアウトする。誰がやっても同じなのだ。

黒谷が茫然《ぼうぜん》とカメラから目を離す。美咲はその手から黙ってカメラを取り戻し、また黙々と俺たちを撮り始める。

「そうだ」青山が思いついたように自分のスマホをタップする。「この中継のコメント欄に書きこめば――」

その手が止まり、絶望的な目が俺たちを見る。

「なんで？　中継つながらない。おかしいよ」

「そんなの、驚くことじゃないだろ」黒谷が声をあげる。「相手はカメラの電源も、俺たちのスマホの電源も好きなように切れるんだぞ」

「相手って誰だよ？」白石が訊く。

「知らねえよっ」

わからない相手――なんでもできる存在。俺たちはその罠《わな》にかかった四匹の虫だ。もがいてももがいても逃げられない。共食いするのをそいつは待っているのだ。

俺たちは打ちひしがれて立ちすくむ。電源が復活した美咲のアイパッドにはコメントがずらずらと並んでいる。

『場所どこなの?』『どうなってるんだ?』『このままじゃひどいことになるぞ』『意味不』『誰が生贄になるの?』『フェイクでもいいけど続けろよ』『儀式まだー』

「ちくしょうっ」

俺は部屋の隅に駆け寄り、積みあげられていたゲーム用の背もたれ椅子をつかみ取る。下がスチール製でかなり重い。それを持って板で打ちつけられた窓に近づき、力いっぱい投げつける。

ガツッ——椅子はベニヤ板に当たり、ただ跳ね返ってくる。負けるもんか。俺は床に転がった椅子をもう一度拾いあげ、投げつける。びくともしない。少し板が凹んだ程度だ。

「もお、なにやってんだよ」白石が後ろから泣き声を出す。

「少しでも穴が開けば、大声出したら誰かに聞こえるかもしれないだろ」

俺はここにくるときに見た周囲の風景を思い出す。民家からはだいぶ離れていた。だけど、川沿いの道を散歩やジョギングする人がいるかもしれない。頭に血がのぼった俺は何度も何度も椅子を叩きつけた。

ダメだ――俺はついに力尽きて床にへたりこむ。ドリルかチェーンソーでもなければ無理だ。いや、たとえそれがあってもまた電源を切られるだろう。

そんな俺の無様な横顔を美咲のカメラがとらえようとする。青山がその間に立ち塞がり、涙目でレンズに近づく。

「俺たち、助けを求めたいのに、それもできないんだ。どうすりゃいいんだよ、どうすりゃ……」

仲間たちの絶望の波が俺を包む。もう絶体絶命だ。やっぱり儀式はやめるべきだったのか。

「だから、つまり」黒谷がなんとか考えて整理しようとする。「この状況を打破するには――」

「ど、どうするの？」青山が訊く。

「この仕組みを壊す方法を見つけて打ち破るか、この場所のルールに従うかってことだ」

ルールに従う？　それを聞いた青山の目が大きく見開かれる。

「や、やっぱり、僕を生贄にしようとしてるんでしょっ」

「だから青山、そんなことしねえって――」俺はうんざりした声を出す。

そのとき、突然フロアに激しい金属音が響く。耳に突き刺さる音。またた。また中空からいきなり物体が現れ、魔法陣に転がる。俺は丸い物体がくるくると回転しているのを見た。

カランカランカラン……丸いものは次第に回転を弱めていき、床にくっついてぴたりと静止する。それは、銀色の皿のようだ。

俺たちは恐る恐るそれに近づいていく。いや、ただの皿ではない。直径は三十センチぐらいで、真ん中に方位磁石のような半分が赤い針がついている。

これは、ルーレットだ。

啞然としている俺たちの目の前で、また中空から紙切れが現れる。それはひらひら落ちてルーレットの上に着地した。

裏返しになった紙に数字はない。黒谷がそろっと拾いあげて表にすると、今までと同じ手書きの文字が並んでいる。

「『この皿を使え』」黒谷は緊張した声で一気に読みあげる。「『ひとりを生贄にできないのであれば、全員の命を……奪う』」

絶望の喘《あえ》ぎが全員の口から漏れる。すべて、見られているのだ。この魔術を支配している何かに。俺たちが生贄なんか捧げるつもりがないことも見破られている。

何もかも隠しようがないのだ。俺たちはこの魔術からもう逃れられない。

そのとき、黒谷はもう一枚紙がくっついていることに気づく。震える黒谷の手がそれをめくった。

写真だ。

「嘘だろ」黒谷がうめき声をあげる。

俺はその写真を黒谷からひったくる。白石と青山も俺の手元を覗きこむ。

全身から血の気が引く。いやだ、俺はこんなの信じない。ブルーのライトが当たったように青みがかった写真。そこに青白い顔で仰向けに倒れているのは、緑川だ。その胸には深々とナイフが突き刺さっていた。

うわあああっ、と白石が叫び声をあげて腰を抜かす。

「し、死んでる」青山が後ずさり、ずるずると柱を背にして座りこむ。「緑川くんが、死んでる……」

今にも意識を失いそうだ。俺はあわてて駆け寄ってその体を支える。

「あ、青山、しっかりしろよ」

「おかしいよ、こんなのおかしいよっ」白石は半狂乱だ。

なぜ、こんなことになってしまったのか。俺は激しい後悔に襲われる。なぜ、こんな恐ろしい魔術を始めてしまったのか。今やもう、放棄することすらできない。

「どうすれば、いいんだよ」俺は美咲を見る。「なんか言えよっ」

彼女は追い詰められた俺たちを黙々と撮り続けている。緑川が死んだというのに。

その態度が俺の怒りをかきたてる。

「わたしだってわからない」美咲は言う。「あなたたちが決めないと」

「傍観者かよ」

「そう、わたしは、傍観者」

「あんたも閉じこめられているんだぞっ」

「この立場を選んだのはわたしだから。わたしは、わたしの運命に従うだけ」

泣きもわめきもしない。あまりにも冷静で、非人間的といってもいいくらいだ。自分が生贄の対象になってないからなんとでも言えるのだ。

「早く決断したほうがいいんじゃないの？」美咲はうながす。

一人を決めないと全員が死んでしまう。俺たちはギリギリの選択を迫られている。一人か、全員か、どちらがマシか。まるでトロッコ問題だ。

「そうだ」黒谷がうなずく。「深刻な事態だ。早く決断しないと、全員が――」

「だからさぁ、やりたくなかったんだよ、こんなこと」白石がまた子供のようにわめき出す。

「白石、もうやめろよ」俺はうんざりして立ちあがる。「そんなこと言ったってなんにも変わらないだろ」

「赤城のせいなんだよっ」白石は俺に詰め寄ってくる。

「だからやめろって」

「そうだ」白石が思いついたように声をあげる。「赤城が責任とればいいんだよ」

え？　俺は耳を疑う。白石はこれこそが正解だというように俺を見る。

「だから、生贄になるんだったら、赤城だろ」

まさか、そんな。すべて俺に責任をなすりつけようと言うのか。

「……そうだよ」思いがけないところから同意の声があがる。

俺は目を疑う。座りこんでいた青山がゆっくりと立ちあがり、俺と目を合わせずに白石に近づいていく。

「だって――主催者は赤城くんじゃん……」

青山はそっと白石の横に並ぶ。あんなに俺にすがった青山の、まさかの裏切り。おまえは明智光秀《あけちみつひで》か。

「賛成」白石は喜びを隠しきれない。「大賛成」

生存本能は友情よりはるかに位が高い。二人とも自分さえ生き残ればいい、つまりはそういうことだ。

「待てよ」俺は愕然とする。「ちょっと待ってくれよ。たしかに、俺がみんなに声をかけたけどさ、みんな、面白がって参加したんだろ？　都合が悪くなったら俺のせいにするとか、それっておかしいだろ」

「多数決で決めよう」白石は率先して提案する。「どのみちこの中の一人を選ばなくちゃなんないんだ。だったら、多数決がいいよ。俺は赤城に一票」

笑えるほど醜い生存争いだが、笑っている場合ではない。青山がおどおどと手をあげる。

「さ、さ、賛成」

「青山、おまえ――」俺は悲しくなる。

「だって……しょうがないじゃん」青山は目を逸らし、俺に背を向けて逃げるように壁の方にいってしまう。

弱い。弱いから友だちが死ぬことになってもしかたがない。弱い自分が生き残るためには。弱者の論理はある意味最強だ。黒谷が他の仲間に投じない限り、いや棄権しても死ぬのは俺だ。

「待てよ」黒谷が冷静な声を出す。

「なんだよ」白石が言う。

「ブアウドは多数決で決めろとは言ってない」

「どういうことだよ」

「これ――これを使えってことだろ」

黒谷は床に転がっているルーレットに触れる。みんな思い出したように注目する。

「ロシアンルーレットみたいなものだよ。だから、これが出てきたんだ」

「ろ、しあんルーレット？」白石の声が裏返る。

映画やドラマで観たことがある。ロシアンルーレットというのは、回転式の拳銃に一発だけ弾を入れて、くるくる回してから自分の頭に向けて撃つゲームだ。例えば弾が六発のリボルバーなら、死ぬ確率は六分の一になる。要するに、一人の犠牲者を決める時にやるゲームだ。

俺はルーレットをしげしげと見る。そうだ、きっとその通りだ。俺たちには決められない運命を、生贄を決めるという酷い選択をこの針の回転に託せと言っているのだ。

「どうやるんだよ」俺は黒谷に訊く。

「だから」黒谷は言う。「この皿を四人で囲んで――」

「だから、それで誰かを選んだら、そいつを三人で生贄にするってのか？　殺すってことかよ」

黒谷はたじろぐ。リアルにそこまでは考えていなかったのだろう。

「それはわからないけど」黒谷は口ごもる。「やってみるしかないだろ」

「だから、ルーレットなんてやだって」白石は主張する。「黒谷は物理学者なんだろ？　学者がこんな非科学的なことを素直に受け入れて、ブアウドに従うとかあり得んでしょ」

「そ、そうだよ」青山も同意する。

ふたりは何がなんでも俺に責任を押しつけて生贄にし、自分が助かる気だ。俺は今、ふたりの最も嫌な部分を見ている。こんな極限状態にならなければ見るはずのなかった真っ黒のエゴを。

「そんなこと言ったたって、これだけ変なことが実際に起きてるんだ」黒谷は反論する。「受け入れるべきことは、受け入れるしかないだろ」

「受け入れられるわけないじゃんかっ」白石は声を張りあげる。

「量子力学の世界の常識は、普通の常識とはかけ離れている。ドゴン族はその法則を千年前から知っていた。ブアウドもドゴン族と同じ、アフリカの先住民で、しかも大学の教授がこの魔術の儀式を僕らに実行させた。きっと何か法則があるんだ。それを見つけ出さないと、僕たちは助からない」

黒谷はそう言うと、まず自分がルーレットの前に座る。

「そのために、ロシアンルーレットをやるの？」青山が訊く。「僕には、どう繋がってるのかちっともわかんないんだけど」

「従えるところまでは、従ってみる」黒谷は言う。「限界まで。そしたら糸口が見つかるかも」

「いやだ」白石は首を横に振る。

「白石、もし俺が赤城を選べば、多数決で赤城になるけど、そしたら白石は赤城を刺し殺す？　そんなことできるの？」

なんと恐ろしい仮定だ。俺の脳はそれを想像することすら拒否する。

「な、なんで、俺が」白石はおののく。

「だって、赤城って言い出したのは、白石だろ？　言い出しっぺが責任とるっていう理屈だったらそうなる」

さすがは黒谷、理論的だ。白石は何も言い返せない。

「白石、責任とるか？　いつもみたいに、動物や魚をさばくのとは違うと思うけどな」

白石は俺を見る。できるかどうかを自分に問うように。そして、がっくりとうなだれる。自分は殺されたくないが、殺したくもないのだ。

「そうだよ、多数決なんてできるわけない。その、ロシアンルーレットってのをやってみよう」

俺は黒谷を支持し、ルーレットの前にいる彼の隣に座る。これで二対二だ。

「え……」青山がたじろぐ。「それで、選ばれた人が死ぬってこと？」

黒谷は黙っている。俺にも答えられない。もし、生贄に選ばれてしまったらどうなるのか。やはり死んでしまうのか。いったいどうやって？

「答えてよ」青山が言う。

「他に選択肢があるって言うんだったら、教えてくれよ」黒谷はうめく。「ここで罵《のの》しりあって、殺しあうとかできないだろ？　儀式のルールに従えるところまでは従って、いけるところまでいこう」

「そんなこと言ったって……」青山の目がまた潤《うる》む。

「選べなかったら、全員が死ぬって書いてある」

四人全員より一人のほうがまだ犠牲は少ない。だけど、それでも俺はまだ考えている。なんとかしてその一人も救う方法はないものか。俺は不可能な夢を探しているのか。

「……ルーレットで選ぶ方がいいだろう」俺は仕方なく言う。「多数決なんかより」

青山はうなだれたまま、ヤケクソのようにルーレットの前に座りこむ。俺の正面に、俺とは目を合わせずに。これで三人。

「白石」黒谷が呼ぶ。

白石は校庭でボールをぶつけられたいじめられっ子みたいに膝を抱えて座りこんでいる。美咲はその泣き顔をカメラでとらえる。

「……だって」白石の声が震える。「そんなことしたら、俺になるかもしれない」

「それはみんな同じだろう」黒谷が声を荒らげる。「誰かを選んだりしたら恨みが残って嫌なことになる。そのあとのことを想像したくないんだよ」

それでもまだ白石は動かない。このまま三人でルーレットをやってくれないかと思っているように。このままでは全員死ぬ。

「白石」黒谷の語気が強くなる。

「わ、わかったよ」

ついに白石がのろのろと立ちあがり、俺と青山の間に腰を下ろす。その体から恐怖の振動が伝わってくる。

「じゃあ」黒谷は緊張の面持ちで三人を見る。「俺が回すんで、いいかな」

黒谷が回して、もし俺になったら？　それなら自分で回したほうがいいか？　だけど、それで誰かに決まったら嫌だ。自分に決まっても嫌だ。

三人とも黙っている。青山にも白石にも回す勇気はない。

「じゃ、いくよ」黒谷がルーレットに手を伸ばす。

俺は黒谷が勢いよく針を回すのを見つめる。カラカラカラ……俺たちの命が回る。生きるか死ぬか。カラカラカラ……針は勢いよく回り、霞《かす》んで見えなくなる。速い。物理的にちょっとおかしいぐらいに勢いがいい。俺たちは固唾《かたず》を呑んでそれを見守る。やがて、だんだん回転が弱まってきて、針の形が見えるようになる。カラン、カ

ラン、カラン……。

　止まった。俺たちは赤い切先が指し示した者を見る。

「え……」青山が蒼白《そうはく》になる。

　ルーレットが選んだのは、青山だ。隣で白石の緊張がどっと緩むのが伝わってくる。黒谷は硬い表情で青山を見つめている。美咲は無言で俺たちを撮り続けている。

　俺ではなかった。だが、安堵もなにも感じない。

「これってさ……」青山がかすれた声で言う。「どうなるの？」

　誰にもわからない。ただ生贄が決まっただけだ。いったいこれからどうなるのか。

　そのとき、祭壇に異変が起きる。ブアウ人形がまたしても怪しく光り始める。何かを起こそうとするように。同時にルーレットの皿がカタカタと音を立てた。

　そして、俺は見た。皿の中央の針が、すすっと形を変えながら実体化していくのを。そこに現れたのは、エスニックな模様が彫られた鋭いナイフだ。

　次の瞬間、ナイフはきらめきながら飛んだ。声をあげる間もなく。シュッと空を切る音とともに青山の胸に深々と突き刺さる。

「う、嘘……」青山は信じられないように自分の胸を見下ろした。「嘘だよ、ね」

　青いパーカーを裂いてナイフは心臓の辺りに刺さっている。血は見えない。痛みを感じないのか、青山は確かめるように胸のナイフに手をやる。ハンドルをつかんで抜こうとするが、抜けない。

「……やっぱ、これはデスゲーム……」青山の声がフェードアウトする。

その体がゆっくりと背後に倒れていく。俺は動けない。声も出ない。青山の小柄な体が床に転がる音は、軽い。

嘘だ。こんなの嘘だ。きっと気を失っただけだ。

うわあああっ――白石がパニックになって飛びあがる。

「助けて、誰か助けてくれーっ」

黒谷が倒れた青山に這《は》い寄り、半開きの口元に手をあてて呼吸を確かめる。目を閉じた青山は眠っているようだ。

だが、黒谷は俺を向いて首を横に振る。

「死んでる」

死んだ？　青山が死んだ？　俺たちの目の前で。あんなに、あんなに嫌がっていたのに。

白石がまた絶叫をあげる。美咲のカメラが揺れる。俺はもう思考を失っている。なぜ。どうして。なぜ俺たちはこんなところに、こんな呪われた場所にきてしまったのか。

そのとき、青山の体に赤い光が走る。緑川が消えたときと同じように。その首から顔にかけて皮膚が透き通って血管が浮かびあがる。俺と黒谷は異変を察して青山のそばから飛びすさった。

　青山の体が細かく振動を始める。手足がカクカクと曲がって不思議な動きをする。輪郭がピントが合わない画像のようにぶれ、全身が霞んでいく。

　プシュッ——青山は消えた。緑川と同じように。

　ついに二人目の犠牲者が出てしまった。俺たちは恐怖と絶望の中に取り残される。もう引き返すことはできない。

　美咲が、青山が消えた空間を撮影しながら俺の横に立つ。俺は虚《うつ》ろな目を美咲のアイパッドに向ける。爆発的な視聴者数。雪崩《なだれ》のようなコメントの羅列。

　だが、そんなものにもう意味はない。


『死んだ』

『マジで死んじゃった！』

『やべえ　これ作りじゃないぞ』

『殺人事件！』

『リアルデスゲーム！』

『場所どこ？』

『早く助けに行かなきゃ、このままいったら』
『無理。きっと全員死ぬ』

第二部

11

青い空気、青い静寂。青い夢の世界。

だが、それは安らぎの青ではない。淀《よど》んだ深海のような暗いブルー。血液まで青く染まりそうな光に、不気味な仮面をつけた像と、サビ釘だらけの人形が乗った祭壇、そして曰くありげな魔法陣が浮かびあがっている。そして、その円の真ん中にひとりの男が倒れていた。

バシャ。

男の目を覚まさせたのは、カメラのシャッター音のような微かな音だ。だが、男は目を開けるのが怖かった。なぜ怖いのかわからない。全身に未だかつて経験したことのない衝撃を受けたこと、それだけはうっすら覚えている。

俺はひょっとして死んだのか？

緑川康隆は薄く目を開けた。青い涙のような光がその隙間から入りこむ。彼は目をしばたたかせ、目玉だけをそろりと動かして周りを見回した。

「……どこだ？」

どこもかしこも陰鬱《いんうつ》な青に染まっている。応える声も気配もない。どうやら誰もいないようだ。首を起こして自分の体に目をやった緑川は、心臓が止まりそうになった。

左胸に深々と突き刺さっているのは、ナイフだ。エスニックな模様のハンドルが緑のシャツから突き出している。今回の殺人事件の被害者は、自分なのか。だが、不思議に痛みを感じない。

俺は……生きている？

緑川は慎重に上半身を起こし、恐る恐るナイフに手をかけた。刃物が刺さったとき、大量出血で死ぬから絶対に抜いてはいけないことは知っていた。だが、こんなものを突き刺したままにしておくほうが難しい。思い切ってぐいと引き抜くと、ナイフはスポンジケーキにでも刺さっていたかのようにあっさりと抜けた。

刃渡りは二十センチほど。どこにも血はついていない。緑川は凶器を床に置き、おそるおそる胸を触ってみた。まったく痛くない。傷はどこにもないようだ。

どうなってんだ。

あたりを見回した緑川は、見覚えのある祭壇に気づいた。その上に置かれたブアウ人形と目が合ったとたん、トラウマ体験が蘇る。そうだ、思い出した。くだらないトリックを暴こうとして、あの人形に触ったとたんに体にとんでもない衝撃が走ったのだ。細胞が組み替えられたようなあの異様な体感。そして、すべてがブラックアウトした。

「みんな、どこいったんだよ」

赤城たちの姿は消えている。色川美咲も見当たらない。緑川は立ちあがって辺りを歩き出した。自分が気を失っているうちにどこへ行ったのか。もう儀式は中止になったのか。

「おーい、赤城、黒谷、白石、青山ーっ」緑川は声を張りあげた。「どこ行ったんだよ、おーいっ」

声はブルーの壁に寂しく反響する。答えるものはない。なぜ自分ひとりが放置されているのか。それにこの青い光はなんだ。上を見回したが光源がわからない。まるで空気自体が光を発しているようだ。

「なんだこれ」

緑川は魔法陣の上に金属製の皿が落ちているのに気づいた。

さっきみんなといたときにはこんなものはなかったはずだ。手にとってみると、方位磁石のような形の針がくるりと回る。どうやらルーレットのようだ。いったい何に使うものなのだろう。緑川はそれを魔法陣の上に戻すと、不安げに辺りを見回した。思ったよりずいぶん長いこと気を失っていたらしい。

そうだ、スマホで連絡してみよう。

胸にチェストベルトでセットしたスマホはそのままだ。調べてみると、なぜかカメラは機能していなかった。緑川は電話をタップして、とりあえず赤城にかけてみた。だが、発信音も聞こえない。

「なんでだよ」

電波が悪いのだろうか。少し考えた緑川は、ユーチューブの中継チャンネルに繋いでみた。なかなか繋がらない。もう中継をやめてしまったのか？　心配になった頃、やっと画面に赤城の姿が映った。

『チクショウ！』

赤城はなぜか怒声をあげ、重たそうな椅子を封印された窓に投げつけている。緑川はわけがわからず辺りを見回した。落書きだらけのその窓は、まさにこの部屋の窓だ。

『閉じこめられてるーっ』青山がわめいた。『僕たちは、完全に閉じこめられているんだよっ』

緑川はあっけにとられ、中継と今いる部屋とを何度も見比べた。仲間たちがカメラに向かって必死に助けを求めているのは、まさに今、緑川がいるこの場所だ。

だが、現実には影も形もない。ただひとつちがうのは、光の色だけだ。あいつらはいったいどこにいるのか。

「どうなってんだ？」緑川は混乱して座りこんだ。「何があったんだ？」

そのとき、カタンと小さな音がした。魔法陣に置いてあったルーレットの皿の音だ。緑川はそれが、まるで見えない手でつままれたようにひとりでにスッと縦に立ち、コマのようにくるくると回転を始めるのを見た。

タネも仕掛けもない。唖然としている緑川の目の前で、皿はいきなり星が弾《はじ》けるような赤い光を放って消えた。

え？　緑川は息をのんだ。まさに怪奇現象だ。

カタン——スマホの中で金属音がした。緑川が中継画面に目を戻すと、ちょうどルーレットの皿が魔法陣の中に落ちるところだった。まるで見えないダスターシュートで仲間たちのところに運ばれたように。

カランカラン……ルーレットは回転し、驚いた赤城たちが近づいていく。中空から紙切れが現れ、ひらひらと皿の上に落ちるのが見えた。黒谷がその紙に書かれた恐ろしい指示を読みあげる。そして、その下から現れた写真にカメラが近づいてアップになった。

緑川は驚愕した。胸にナイフを突き立てて倒れている男、それは自分だ。

『し、死んでる』画面の中で青山が泣き声をあげる。『緑川くんが、死んでる』

嘘だろ——緑川はあわてた。俺は死んだ？　それじゃ、ここはあの世なのか？

焦って自分の体をまさぐる。体温があるし、心臓も破裂しそうにバクバクしている。生きている証拠だ。

「お、おい、ちょっと待てよ。俺は死んでないよ、おいーっ」

画面に向かって叫んでも意味がない。緑川は仲間の姿を求めてフロアを見回しながら叫ぶ。

「おーい、俺はここにいるんだよっ。おーい——」

応える者はいない。冷たい青い光に虚しく声が吸いこまれていく。

他の仲間たちがいるフロアとまったく同じなのに、色がちがう。緑川はわけがわからなかった。ここはブルーのフロアだ。つまり二つは別々の場所なのか？　どういう仕組みかわからないが繋がっているらしい。いったいどうやったら元のフロアに行くことができるのか。

「そうだ、外に行ってみよう」

緑川はフロアの入り口を開け、廊下へと走り出ていった。廊下にも陰気な青い光が満ちている。誰もいない。声を限りに仲間の名前を呼びながら、緑川は階段を駆け降りていった。どの階も人の気配がない。怯えながら一階にたどり着いた緑川は、入ってきた正面玄関のシャッターを開けようとした。開かない。転がっているガラクタを拾ってガンガン叩いたが、びくともしない。

「どうなってるんだ」

そう言えば、さっき青山は叫んでいなかった。僕たちは閉じこめられている、と。緑川は焦って別の出口を探して走った。機械室を見つけて入っていくと、奥に鉄のドアがある。だが、そこもチェーンで封鎖されていた。

「なんでだよ、ちくしょう」緑川はドアを殴りつけた。

赤城たちと同じように自分も閉じこめられている。しかも、仲間のところに行くことも、連絡をとることもできない。この不気味な青い世界にひとりぼっちだ。

ドアの前にへたりこんだ緑川は、絶望的な気分でスマホの中継を見た。四人は仲間割れして言い争っている。生贄をひとり選べと指示されたからだ。

いったい誰がそんな残酷な指示をするのか。この魔術を企てた犯人は誰なのか。動機は何なのか。緑川は憤《いきどお》りながら、コメント欄にずらりと並んだ書き込みを読んだ。

『喧嘩《けんか》してる場合じゃない』『誰が生贄になるんだ』

『これ絶対ほんとじゃないよ』『だけどみんな真に迫ってるよ』『マジっぽい』

そうだ、と緑川はいいことを思いついた。このコメント欄に自分も書きこめばいいのだ。緑川は急いでメッセージ入力の欄に打ちこんだ。

『俺は死んでない』

そして、送信を押す。だが、画面に出てきたコメントを見て緑川は目を剥《む》いた。

緑川『……』

「なんでだよ」

緑川はもう一度コメントを入力した。もう一度、もう一度。だが、何度やっても画面には『……』しか出てこない。

どうすればいいんだ。緑川は頭を抱えた。その間にもどんどん他のコメントが書きこまれ、視聴者数は爆あがりしている。いつもの配信なら夢のようだが、今は生き地獄だ。

そうだ、もしかしたら――。

緑川は試しに百円を課金してみた。すると、やっと画面に文字が出てきた。

緑川『俺』

たった一文字。あとが続かない。しかも緑川の『俺』はどんどん増え続ける他のコメントにあっというまに埋もれてしまった。

「なんだよこれ、一文字百円かよっ」

緑川は仕方なく、千円課金してみた。

緑川『俺は生きてるんだよ！』

ようやく書きこみに成功した。緑川は必死に中継画面を見守った。だが、四人の仲間はもめていて気づかない。黒谷などは難しそうな量子力学の話を始めている。

「なに細かいこと言ってんだよっ。話なんかいいから早く気づいてくれよ、黒谷、赤城っ」

無駄な叫びが反響して自分に返ってくる。赤城たちはコメント欄などまったく見ることなく、そのうちに多数決とか殺すとか、物騒な話し合いになっていった。

「殺すとか、殺さないとかなに言ってんだよ。俺はここに──」

緑川は急に怖くなった。本当に自分は生きているのか？　そういえば、人は死んだばかりだと死んだことに気づかないと聞いたことがある。この身体感覚も錯覚なのか？　不気味な青い光の世界、ここはやっぱり死後の世界ではないのか。

なにか、自分が死んだ証拠があるかもしれない。

緑川は急いでブルーフロアに駆け戻った。事件現場の刑事のように祭壇の周囲をくまなく調べ、釘だらけのブアウ人形をしげしげと観察する。もう二度とこいつには触りたくはない。なにが怖いといって、どこにも仕掛けなどなかったことだ。

緑川に起きているこの現象はマジックのレベルではない。とても色川美咲が仕組んだこととは考えられない。そして自分はここに運ばれ、ルーレットはこちらから向こうに運ばれた。なにか、今まで緑川が調査した未解決事件とはちがう、未知の事件が起きているのだ。

まさか……魔術？

あり得ない、と緑川は首を振る。魔術なんてこの世に存在するわけない。顔をあげると、そんな緑川をブアウド仮面がじっと見ている。まるで死神のように。

「……ま、まさかだよまさか、冗談だろ」

緑川はブァウド仮面から目をそむけてスマホに戻り、また千円課金してコメントを書きこんだ。

緑川『俺は生きてるんだよ！』

緑川は必死にコメント欄を見守ったが、気づいてくれたのは他の視聴者ばかりだ。

『おいおい誰だこいつ』『緑川を名乗ってやがる』

『緑川は消えたんだよ　なりすましかよ』

邪魔するな。緑川はめげずにもう一度千円課金して書きこんだ。だが、無情なコメントの羅列にあっという間に消えていき、仲間はちっとも気づいてくれない。

「これじゃ、課金しても変わんねえよ」緑川は絶望して頭を抱えた。「どうすりゃいいんだよっ」

儀式のフロアではついに黒谷がルーレットを回そうとしている。いったい誰が生贄に選ばれるのか。緑川は固唾をのんで見守った。青山の顔が恐怖にひきつるのが見えた。

青山が選ばれた。これからどうなってしまうのか……？

そのとき、緑川は後ろでかすかな気配を感じた。

振り向くと、祭壇の上のブアウ人形が赤い光を帯びていた。あのときと同じく、また息を吹き返したように。キーンと超音波のような耳障りな音が響き出す。ぞっとして後ずさった緑川の足が床に落ちていたナイフに触れた。

それは、緑川の胸に突き刺さっていたナイフだ。そのナイフがブアウ人形と連動したように赤く光る。かと思うと、まるで分子が霧散したように消えた。

さっきのルーレットと同じだ。緑川は急いでスマホの中継画面に目を戻した。美咲のカメラは、ルーレットの中央にナイフが実体化するところをとらえていた。

まちがいない、あれはさっきまでここにあったナイフだ。やはりここと向こうは繋がっている。緑川がそう確信した瞬間、それは生き物のように飛んで青山の胸に突き刺さった。

うわあああっ――緑川は腰を抜かして叫び声をあげた。画面の中でも仲間たちがパニックになっている。黒谷が青山の生死を調べ、首を横に振るのが見えた。

緑川は唖然として自分の胸に手をやった。だけど、俺はまだ生きている。

「嘘だ、青山、絶対死んでないってば、だって、俺の胸にもナイフが――」

そう言っている間に、青山に異変が起こり始めた。カクカクと手足が曲がる奇妙な動き、体内の血管を浮きあがらせる赤い光。そして、プシュッという音とともに青山は消えていなくなった。

おそらく自分もこんな状態になったのだ。緑川は怪奇現象を客観的に見て震えあがった。確かに、これでまだ生きていると思う者はいないだろう。

「なんなんだよ、いったい何が起きてるんだよ。こんなのおかしいだろっ、おいっ」

こうなったら——緑川はもう一度課金してコメントを試みた。今度は大奮発して一万円だ。

緑川『青山は死んでない　俺にもナイフが刺さってた

ここには誰もいない

閉じこめられている　でも場所はそこと同じだ

今起きていることは理解できないけど　とにかく青山は死んでないはずだ

誰か俺に気づいてくれ！』

よし、百文字以内だ。一万円だけあって、そのコメントはショッキングピンクのバックでとても目立っている。これなら誰か気づくはずだ。緑川はハラハラと画面を見守った。

『ウソでしょ』『グロ』『青山殺された』『キモいキモいキモい』

『これスナッフビデオじゃん』『みんな死ぬ!?』『もう怖い』


だが、青山が死んだおかげでコメント欄は今まで以上に大騒ぎになっている。緑川のコメントはたった五秒で下から上へと消えていった。

「なんだよ、一万円も払ったのに誰か気づけよっ」緑川はスマホの画面に向かってわめいた。「赤城、黒谷、白石——おいっ」

緑川は絶望の中で、消えた青山がどこかに出現しないかと辺りをうかがった。そうしたらどんなに心強いだろう。だが、いつまで待ってもそんな都合のいいことは起きなかった。

青山はいったいどこに行ったのだろう。

12

青山が死んだあげくに消えてしまった。緑川に続いて、この世界から消去されたように。

白石は恐怖で真っ白の顔で立ちすくんでいる。黒谷は祭壇に置いてあった魔術書に走り寄ると、座りこんで必死にページをめくり始めた。何かその中にヒントを探すように、というか、何かせずにはいられないように。

俺はアイパッドに目をやっている色川美咲に目をやる。コメントをチェックしているらしい。中継中に青山が死んだのだから阿鼻叫喚《あびきょうかん》になっているだろう。だが、美咲の顔に苦悩は見当たらず、メイクも乱れていない。自分は生贄の対象ではなかったからか。

いや、もしかしたらこの女、何か隠しているのではないか。

「美咲さん」俺は呼びかける。

美咲は、え、とアイパッドから手を離して俺にカメラを向ける。

「あなたは、どこまで予測していたんですか？」

「何も予測なんてしてない。わたしは……不思議なことが起きないかって、期待していただけ。こんなことになるなんて、予測できるわけないでしょ」

それにしてはあまりにも動揺が少ない。そう思ったのは俺だけではなかった。

「嘘だっ」白石が叫ぶ。「あなたは知ってるはずだ。脱出する方法を教えてくださいよ。知ってるんでしょ？」

「わからない。わたしの知ってることなんて、あなたたちと大差ない。ひとつだけ、確信を持って言えることは——」

「なんですか？」俺は訊く。

「儀式をコンプリートしない限り、何も終わらせることはできないってこと。それだけは確かでしょ」

美咲はこともなげにまた儀式の続行をうながしてくる。人が二人も死んでいるのに。

「それしかないんですか」白石は頭を抱える。「何かないんですか、この状況を変えられる何か」

「魔術書に書いてあったわ」

「なんて？」

「始めたら、誰も、止める方法は持たないって」

リタイアもキャンセルもギブアップもできない。このデスゲームから逃れることはできないのか。俺たちに残された道はたった一本しかなくて、おそらくそれはまた死に繋がっている。次に死ぬのは誰なのか。

白石が両手で金髪をくしゃくしゃにして発狂しそうな声をあげる。その哀れな声は、ただでさえ崖っぷちの俺の神経を逆撫でする。

「白石」黒谷が魔術書をめくりながら注意する。「騒ぐなよ」

「だって、こんなのあり得ねえよ――」

「俺たちは、奇妙な世界に迷いこんだ。黒魔術と表現されてるものは奇妙なことだらけだけど」黒谷は目をあげて俺を見る。「量子力学的には、実は、テレポーテーションが可能だっていう学者もいるんだよ」

「でもそれって、どこに行くかわからないんだろ?」俺は言う。

「俺も全面的に信じているわけじゃない」黒谷はイライラと魔術書のページをめくる。「だけど、魔術とは、超常現象を高次元で理解した者が、この物理的世界での理解を広めるために、魔術という表現をしたものなんだっていう学者もいる」

「なんだよ」白石は黒谷に食ってかかる。「この、今起きてることも科学で解明できるっていうのかよ、こんなバカバカしいことが?」

「俺たち、現実に味わってるじゃないか、こんな奇妙なことを。だけど、何にだって法則ってもんがあるはずなんだ。ここを抜け出すための法則だって――」

「だったら黒谷、それを早く探してくれよっ。学者なんだろ?」

「ただの研究員だよ」

「なんだっていいよ、とにかく俺は脱出したいんだよっ」

「だったら白石も考えろよっ」

子供みたいに文句を言いっぱなしの白石についに黒谷がキレ、魔術書を床に叩きつける。ふたりは二匹の犬のように睨み合った。

「おい」俺はあわてて間に入る。「な、無理だとは思うけどさ、冷静になろうぜ、な」

まるで自分に言い聞かせているようだ。こんな状況で落ち着ける人間なんていない。白石と黒谷はきまり悪そうに目をそらす。

「きっと、また、次に」俺は言う。「とんでもないことが起きるかも」

「これ以上、驚くことなんてあるのかな」黒谷がつぶやく。

「あるよ、きっと」

ない、と思いたい。だが、ゲームというのはだいたい進むにつれてエスカレートしていく。

「なあ」黒谷がふと思い出したように言う。「緑川の願いは、叶ったのかな」

この黒魔術のイベントを企てたのが誰で、目的はいったい何なのかを知ること――

緑川はそう願った。今は俺もそれを死ぬほど知りたい。他のどんなことよりも。

「緑川は消えちゃった」俺は言う。「願いが叶う以前の問題だろ」

「そうか」黒谷はうつむく。

緑川、もしそれがわかったら教えてほしい。たとえ、あの世からでもいいから――

心の中でそう思ったとき、後ろでコトッと音がした。

俺たちは一斉にそちらを振り向く。また何か起きたのか。ブアウ人形もブアウド仮面もそのままだ。ルーレットの皿が赤く光り、その上に布袋がふっと現れる。透明な手でポストに手紙が届けられたように。

大きく書かれた〈7〉の数字——もう誰もこんな現象に驚く者はいない。

「次の——七番目の指令だ」俺の声はかすれている。

「今度はいったいなんなんだよ」白石が皮肉っぽい声を出す。

どうせろくでもないことが書いてあるに決まっている。できればこのままシカトしたい。だが、この儀式は時間を引き延ばしても無駄なのだ。俺は意を決して布袋に近づき、拾いあげる。

軽い。中にはまたメモが一枚入っているだけだ。俺は声を出さずにそれを読んだ。

たった一言、思いがけない内容を。

「どうした？」

待ちきれないように訊いてくる黒谷に、俺は紙切れを渡す。

「……『逃げろ』？」黒谷は読みあげた。

え？　白石が声をあげる。どういうことだ。俺たち全員を殺したいわけじゃないのか。

「何から逃げろっていうんだ」黒谷が辺りを見回す。

「ここから逃げろってことじゃないの」白石が言う。

「ちがうと思う」俺は言う。「俺たち、閉じこめられてるんだから」

そうだよな、と白石も腕を組む。俺は問うように美咲を振り向く。相変わらず冷静なこの顔がポーカーフェイスだとしたらたいしたものだ。

「わかんない」美咲は首を横に振る。「わたしにわかるわけない」

俺はもう一度手書きの文字に目を落とす。逃げろ――いったい何から？

俺たちが閉じこめられたこの檻に人食いモンスターでも放たれるのか？

はたして俺たちはそれから逃げられるのか……？

13

あいつら、ちっとも気づいてくれない――緑川はイライラとスマホの中継を凝視していた。残った三人は、もうそれこそ今にも死にそうな顔をしている。

「こんな状況でコメント見る余裕なんかないか、そりゃそうだ」

青山はどうなったのかわからないが、緑川はこうして生きている。それさえ知れば三人も希望が持てるはずなのだが。緑川は腕を組んで考えながらブルーフロアを歩きまわった。

この黒魔術のイベントを企てたのが誰で、目的はいったい何なのかを知ること――

緑川の願い事だったが、今のところさっぱりわからない。これが殺人事件なら必ず犯人がいる。だが、魔術の犯人とは？　伝説や宗教やゲームにしか出てこない、非科学的な、存在するはずのない存在だ。

魔術師、魔女、魔神――あるいは悪魔。

緑川はぶるっと身震いした。そのとき、目の隅に何かが見えた。等身大のブアウド仮面がかすかに動いた……ような気がした。

気のせいだ。気のせいだ。

未解決事件で何度そのあやふやな表現を聞いただろう。見たような気がしたけど気のせいだ、あとを尾けられてるなんて気のせいだ、あれが犯人だなんて気のせいだ、死んでるなんて気のせいだ――そこで気のせいにしなければとっくに解決したであろうケースを知るたび、緑川はなんてバカなんだと思った。

だが、気のせい、つまり脳のバグだと思いこめば、恐ろしい事実はなくなる。完璧な現実逃避だ。気のせいほど便利な機能はない。こんなに奇妙な体験の渦中にあっても、緑川の神経はまだ気のせいに頼ろうとしていた。

カサ――かすかな音がし、蠟燭の炎がそよぐ。緑川はブアウド仮面の黒マントが揺れるのを見た。ただの風だ。だがそれだけでなく、ブアウド仮面の首がゆっくりと回って緑川の方を向く。

これは、どうしたって気のせいじゃない。

「えっ、えっ？　なに？」

ブアウド仮面は黒手袋をはめた右手に持った剣をゆっくりとあげていった。二つの穴の目で緑川を見つめながら。

犯人はこいつだ——緑川は泣きそうになった。こいつはただの像ではない。動いて、生きていて、人間をたぶらかしている。そして、たぶんあの剣で緑川を殺そうとしている。

もうおしまいだ。

と、ブアウド仮面は斬りつけてくる代わりに、左手で自分の胸を指差した。緑川に何かを伝えようとするように。

「え、なんだって？」

ブアウド仮面は無言で自分を示している。答えはここにあるというように。緑川は何か、言葉にする前の意識のようなものが伝わってくるのを感じた。その手がまた動き、何かを迎えるように大きく開いた。

そのとき、緑川の耳は別の音を聞きつけた。ドン。打楽器のリズム。低く、暗く、アフリカの音楽のようなダイナミックな音。それは緑川にまとわりつくように響いてくる。

ドン、ドド、ドンドン……。

ブアウド仮面の像の後ろに黒い人影が浮かびあがった。ひとつ、ふたつ……それはブアウドよりもシンプルな仮面をつけ、手に手に鋭い剣が光っている。音が大きくなるにつれ細胞分裂するように増えていき、緑川はたちまち二十ほどの黒い仮面の群に取り囲まれた。

金縛りにあったように声が出ない。硬直した緑川の体の周りを、仮面の者たちは打楽器の音に合わせて踊り狂った。剣を振り回しながら、くねくねと異様な動きで。その口から発せられるのは歌ではなく、猛獣のうなりのような不気味なうめき声だ。

踊りの輪は緑川を中心にしてだんだん縮まっていく。逃げ場はない。魔物たちの高い壁に取り囲まれ、緑川はその中心で子供のように震えあがった。

まさか、まさかこれは生贄の儀式か。人間の血が必要なのか。

ウオォォ——不気味に光る無表情の仮面が、剣を頭上に振りあげて一斉に雄叫びをあげる。

緑川はその剣が力強く振り下ろされるのを見た。まっすぐに自分に向かって、ひと思いに生贄を殺《あや》めるように。緑川が最後に聞いたのは、自分のものとは思えない絶叫だった。

14

逃げろ？——それは恐ろしいことが起きる前触れのように響く。俺はカメラに向かって指令が書かれた紙切れを見せ、視聴者に問いかける。

「みんな、聞いてくれ」

俺たちが窮地に陥れば陥るほど視聴者数は増えていく。このチャンネルには今、みんなが求めている刺激が、求めた以上に詰まっているのだ。

恐怖、謎、超常現象、そして自分が関わらないで済む死。

「七つ目の指令がきたけど、逃げろって書いてある。俺たち、ここに閉じこめられてるのに、何から逃げろっていうんだ？　意味がわかる人っているのかな」

俺は美咲のアイパッドを覗きこむ。コメント欄に次々と意見が連なっていく。

『ゴジラの襲撃』『殺人鬼ジェイソン』『神の降臨』『大地震』『ブアウドの親玉』『鬼舞辻無惨《きぶつじむざん》』『青山がゾンビになる』『宇宙人のコンタクト』『バカボンのパパ』

俺は脱力して柱にもたれて座りこむ。ウケ狙いばかりだ。逃げ出さずにいられない恐ろしいものが現れるまで待つしかないのか。

「何か、他に手がかりってないのかな」黒谷がそわそわして言い出す。

「手がかり？」

俺は祭壇の方をそっとうかがう。なるべくブアウド仮面と目を合わせたくない。できることならこのすべてから逃げたい。

「……あいつらの願い事って、なんだったんだろう」ふと黒谷が言う。

「どうして？」

「解決の糸口を考えてるんだ。何かヒントはないかと思ってさ」

「そんなもん見たって、ヒントになんかならないだろ」

「魔術書には何て書いてあった？」黒谷は美咲を振り向く。

「願いは胸の中にしまっておけ」美咲はスラスラ言う。「人に知られてはならない」

「黒谷、魔術のルールを破ると、ろくなことないんじゃない？」白石はひきつった顔で止める。

もうこれ以上少しでも無駄なリスクは冒したくない、その気持ちは俺も同じだ。

「本人が自発的に願いを知らせるわけじゃないから、ルールを破ることにはならないと思う」黒谷は断言する。「なんでもできることはやったほうがいいんじゃないか？」

「だから、そんなの手がかりになんないって」俺はうんざりする。

「それは見てみないとわからない。とりあえず、緑川と青山の封筒の中身を見てみたい」

黒谷はさっさと緑川が座っていた場所に行き、緑人形の下に置いてある黒い封筒を手に取る。

「やめたほうがいいよ」白石が声をあげる。「絶対、悪いことが起きる気がする」

黒谷はそれを無視して、封筒を開けようとする。俺はなんだか悪いことをしているような気分になる。ルール違反ではないにしろ、プライバシー侵害だ。

「ちょっと待てよ黒谷」俺は言う。「それって、興味があるってだけだろ」

「この状況で、俺が興味だけで動くと思うのか？」

「でもそれってさ、裏切ることにならないか？」

「ならないと思うな、こんな状況で――」

黒谷は俺たちの反対に耳を貸さず、緑川の封筒をさっさと開けてしまう。

「緑川の言ったとおりだ」黒谷はレポート用紙を読みあげる。「『この儀式をやらせているやつは誰だ』……だってさ」

緑川は嘘はついていなかった。今ごろあの世で犯人を突き止めているだろうか。

黒谷は止める間もなくもう青山の封筒を開けている。ドラゴンクエストのポストカードが出てくる。俺はそれを読んだ黒谷が深いため息をつき、首を振って座りこむのを見た。そんなにすごい願いが書いてあったのか。

「……なんだよ」俺はなんだか気になる。「なんて書いてあんだよ」

黒谷はちらりと俺を見て、黙って青山のポストカードを渡してくる。さんざん止めていたくせに、俺の手はついそれを受け取ってしまう。そこにはたどたどしいボールペン書きの字が踊っていた。

『熊澤風花《くまざわふうか》ちゃんに会いたい!!』

俺は拍子抜《ひょうしぬ》けして息を吐き出す。この地獄のような状況の中で、青山の願いはお花畑みたいに明るい。

「なんて書いてあるの？」

白石も興味を抑えきれずに近づいてきて、結局読んでしまう。俺たちふたりとも最低だ。

「熊澤風花って？」俺は白石を見る。「誰？」

「アイドルの女の子だよ。三人組のアイドルの中のひとり」

「アイドル？」

「あいつ、アイドルの追っかけが趣味だからさ」

推しか——俺は青山のリュックにぶら下がっていたマスコットを思い出す。ファンが描く甘い夢。わかりやすくて、ストレートで、大それてない……いや、本人的にはものすごく大それているのか。

「青山、ちっちゃ」白石が呆れて笑い出す。

「これのどこに脱出のヒントがあるんだよ」俺は黒谷に言ってやる。

「なかった」黒谷はあっさり認めて目をそらす。

「ちっちゃすぎだろ」白石はバカ笑いしながら床に転がる。「ちっちゃすぎ」

いったい自分はどんな大きな願いにしたのだろう。白石の笑いは止まらない。青山が死んでしまった今、これは最後の願いになってしまった。叶えられなかった、切ない男の願望。それがこんなに笑いものにされているのを見るのは、あまりいい気分ではない。

「青山は俺たちに知られたくなかったんじゃないのか」俺は黒谷に言う。

「青山、願いの叶った時の代償をだいぶ怖がってたからな。だからこんな願いにしたんだろ」

「願い事の封筒開いて見るなんて、ひどいやつだな」

「必死なんだよ、そんなに責めるなよっ」黒谷はイラついて立ちあがり、俺を冷たい目で見る。「何かあったとき、俺はおまえを見捨ててもいいって思うかもな」

俺は心にパンチを食らったように立ちすくむ。こんな小さなことで信頼しあっていたふたりの間に亀裂《きれつ》ができる。命がかかった緊張状態で心に余裕がないからだ。俺は嫌な予感がする。いつか、それは大きな亀裂になっていくかもしれない。

「緑川は、儀式の決まりに背いた」黒谷がふと言う。「その罰を受けたみたいな形で消えたよな。だったら、なぜ青山は選ばれて、消えたんだ？」

たしかに青山は儀式のルールには逆らわなかった。なぜ、生贄なんか必要だったのか。なぜ、殺されなくてはならなかったのか。ブアウド魔術はいったい何を求めているのか。

血——黒魔術のリクエスト定番コースが浮かぶ。やはり指先のちょこっとの血じゃダメなのか。

「——ねえ」白石が急に笑いを引っこめ、祭壇を指さす。「——ない？　何が？　振り向いた俺は、またしても我が目を疑う。

「なんで——？」

ブアウド仮面の像がいない。さっきまで俺たちを見張るように立っていたのに。いつの間に、どこに消えてしまったのか。

次の瞬間、祭壇の反対側で異音が響いた。デジタル音のノイズのような。

俺たちは体を震わせて音の方を振り向く。そこに、ブアウド仮面が仁王立《におうだ》ちになっていた。動くはずのないものが、命を吹きこまれたように。赤い光が内側で燃えあがり、どろどろの溶岩のような仮面を照らす。

俺たちはすくみあがった。ブアウド仮面の赤い炎の目が俺をとらえ、右手に握った鋭い剣がゆっくりとあがる。宣戦布告をするように。

逃げろ——。

俺たちはようやくあの指令の意味を知る。最悪の状況で。

ウィーン……ノイズが大きくなったかと思うと、いきなり視界がグリーンに変わる。光と空気が緑色の異世界に飛んだように。まるで暗視ゴーグルの視野だ。あっけに取られている俺に向かって、ブアウド仮面は剣を振り回しながら襲いかかってくる。その口から野獣のような低いうなり声が響いた。

わあああっ——あられのない叫びが俺の喉を突き破る。

ビュン——頭上で鈍い音がする。間一髪、俺は振り下ろされた刃をよけていた。ハラハラと切られた髪が舞い散る。切れ味のいい剣だと感心している場合ではない。この感触には、たしかに覚えがある。

あの悪夢と同じだ。まさか、あれは予知夢だったのか。

「逃げろっ」俺は声を限りに叫ぶ。

こんなものからは指令なんか出されなくても逃げるに決まっている。

逃げろ、この狂った悪魔の化身から。

逃げろ、逃げろ、逃げろ――。

俺たちは一目散に逃げた。七番目の指令通りに。

口々にわめきながら、我先にとフロアから廊下へと走り出る。グリーンに染まった廊下は薄暗く、白石が足をもつれさせて転ぶ。ブアウドはそこへ容赦なく剣を振り下ろした。白石が必死で横に転がった瞬間、顔から十センチの床に剣が突き刺さる。

本気のひと突きだ。ブアウドがそれを抜いている間に、俺たちは階段の方に逃げた。――その後ろから美咲がカメラを持って必死に追いかけてくる。

「ど、どこ逃げりゃいいんだよ」俺は叫ぶ。

「わかんねえ」黒谷の目は血走っている。

白石はもはやわけのわからない声しか出せない。

どこかに隠れるしかないのだ。俺たちは倉庫になっている奥の部屋に逃げこむ。グリーンの闇に壊れたゲームマシンが浮かびあがり、タイコや景品のフィギュアが散らばっている。三人は身を縮めてクレーンゲームの陰に潜りこんだ。ケースの中から薄汚れたぬいぐるみのウサギが俺を見つめている。なんだかその悲しげな顔は青山に似ている。

そのとき、ガラスにブアウド仮面が映りこんだ。

足音はまったくしない。俺たちを探し、ブアウドは幽霊のように移動してくる。隠れている俺たちに気づかずに通り過ぎた——と思ったら、くるりと振り向く。

俺たちはあっけなく見つかった。白石が俺と黒谷をぐいぐい前に押し、背後に隠れようとする。ブアウドは獲物を追い詰めるようにゆっくりと近づいてくる。

絶体絶命、ジ・エンドか。

そのとき、カメラを構えた美咲が入ってきた。緑の闇に目が慣れずに部屋の中まできて、はっと立ちすくむ。ブアウドがうなりをあげて振り向き、美咲と対峙《たいじ》するような形になった。薄闇に蒼白になった美咲の顔が仄《ほの》見える。

俺は黒谷とすばやく視線を合わせた。今のうちだ——。

ゲーム機の陰から飛び出し、俺はブアウド仮面の横をすり抜ける。だが、何かにひっかかってつんのめった。ゲーム機のコードだ。ブアウドはそこへすかさず剣を振り下ろしてくる。俺はホッケーマシンの下に転がりこんだ。

ガツン——刃が金属のフレームを叩く。その隙に黒谷が廊下へ逃げ出し、白石があたふたと続く。俺もゲームマシンの下から飛び出してそれを追った。三人を追って部屋から出てきたブアウド仮面のあとを、息を吹き返した美咲が続いてくる。

「分かれようっ」階段のそばで俺は叫ぶ。

「お、おう、そうだな」

黒谷は十一階への階段をのぼっていく。俺は下へと駆け降りた。白石は迷っていたが、結局黒谷についていく。

ブアウド仮面は俺の方にくるはずだ、と俺は確信していた。あの夢で見たように。さっきも真っ先に俺を狙ってきたではないか。本当は最初からブアウド仮面の視線を感じていて、気のせいだと思おうとしていた。だけど、もうこの現実化した悪夢から目をそらすことはできない。

ブアウドは俺を生贄にしようとしている。

あの夢はその予告だったのだ。だから、ひいひいおばあちゃんは『やめれ』と警告した。それなのに、俺はみんなを道連れにして儀式をやり、こんなひどい目に遭っている。俺の焦りが判断を狂わせ、白石にそそのかされ、バズるという言葉に踊らされたのだ。

やめとけばよかった。

俺は後悔で真っ黒になりながら階段を駆け降りる。もうヤケクソで。段ボールに足を取られ、階段を転がり落ち、背中をしたたかに床にぶつけた。

うめきながら顔をあげると、ブアウド仮面が剣を掲げて上の踊り場に立っているのが見えた。緑色の目が俺をじっと見下ろす。死刑宣告をするように。

もう、今度こそおしまいだ。

と、ブアウド仮面は向きを変え、急に階段をのぼり始めた。黒谷と白石が逃げた階上へと。

15

「ああ、こっち、こっち来たよ」白石が泣き声をあげた。

くそっ——黒谷は階段をのぼって十一階にやってくると、長い廊下を走り出した。さっき鍵がかかっていたいくつかの部屋を通りすぎる。開いているのは会議室だけだ。後ろを振り向くと、ブアウド仮面の影が迫ってくるのが見えた。

白石が黒谷を徒競走のようにダッシュして追い越し、自分が先に会議室に駆けこんでいく。他に逃げ場はない。黒谷もそれを追って中に飛びこんだ。

だが、ドアの蝶番が外れていて鍵が閉まらない。黒谷はバリケードを築こうと、そばにあったスチールキャビネットをひきずった。

「おい、白石、見てないで手伝えよっ」

「し、静かにしてよ」

その間にも白石は自分の隠れるところを探してネズミのようにちょろちょろしてい

る。緑の闇を通して、隅っこのデスクの陰にうずくまるのが見えた。自分本位でなんの役にも立たない。やっとのことでキャビネットを動かした黒谷は、息を切らしながら白石とは反対側のコピー機の陰に身を隠した。

　不気味な唸り声が近づいてくる。黒谷は必死に息づかいを抑えた。このまま、このまま行き過ぎてくれますように……。

　突然、激しい音とともにドアがぶち破られ、スチールキャビネットが倒れた。あたりに紙が散乱する。ブアウド仮面はそれを踏みつけながら入ってくると、獲物を探すように部屋を見回した。

　黒谷は震える手で自分のスマホを胸から外し、その姿に向けた。これで他の仲間、赤城や美咲はブアウドがここにいることがわかるはずだ。だが、だからといってどうにもならない。こちらには武器もないし、そもそもブアウド仮面が武器で倒せるような相手かどうかもわからないのだ。だいたいからして仮面だけは本物らしいが、美咲が木や布で作った像にすぎない。動くはずがないのだ。

　それが今、ターミネーターのように黒谷と白石を追ってきて、どちらを殺そうか迷っている。

　あたりを見回していたブアウドの顔が、白石の隠れているデスクの方を向く。どうやら見つけたようだ。ブンッ、ブンッと恐ろしい音をたてて剣を振り回しながら白石の方へ近づいていく。それを見た黒谷は、正直、安堵せずにはいられなかった。

今は生存本能がすべてを凌駕《りょうが》していて、感情はそれに逆らえない。仕方ない、誰だってそうなんだと自分に言い聞かせる。

そのとき、白石が何かを投げた。黒谷の隠れているところに向かって。

カンカンカン――コピー機のそばにアルミの灰皿が転がって派手な音をたてる。ブアウド仮面は黒谷の隠れている方をさっと振り向いた。見つかった。

「嘘だろ――」黒谷は息をのんだ。

生存本能はすべてを凌駕する。白石も同じだ。ブアウド仮面は剣を振りかざし、黒谷に向かってまっすぐに歩いてきた。その後ろを白石がネズミのように逃げて出口に突進していくのが見えた。

「あっ」美咲の声が聞こえた。

白石がドアの向こうにいた美咲とぶつかり、カメラが飛んで転がった。だが、構わずそのまま逃げていく。一センチでも遠く一秒でも早くブアウド仮面から逃れようとするように。ブアウド仮面はもう黒谷に狙いを定め、そちらを振り向かない。黒谷は隠れ場所から立ちあがった。

ふたりは間近で対峙した。穴の目の奥から何かが黒谷を見ている。

黒谷は賭けた。叫び声をあげながらいきなり飛び出し、ブアウド仮面の脇を突破しようとする。だが、ブアウド仮面はすかさずその首に剣を突きつけた。目の前の鋭い刃が緑色の光を放つ。

無理だ。もう逃げられない。

「た、助けて」黒谷はよろよろと床にひざまずき、懇願した。「助けてくれ」誰も、今までブアウド仮面に頼もうとした者はいなかった。もしかしたら、聞き届けられるかも――。

ブアウド仮面の首がゆっくりと左右に振られた。拒絶。黒谷は無情な剣が高々と振りあげられるのを見た。自分を真っ二つにするために。

「――嘘だろ」自分の声が聞こえた。

こんな冴えない言葉が最期になるのか。ブアウドは黒谷の頭めがけて剣を振り下ろす。黒谷は観念して目を強くつぶった。

死ぬ。こんなところで、理由もわからず、わけのわからない存在によって。こんな死に方をするなんて――。

次の瞬間、ブアウド仮面が横にすっ飛んで壁に激突した。

16

俺は許せなかった。むざむざと一方的に不条理な死を与えられることに。

俺は頭にきた。何も教えられず、何もわからないまま、顔も見えない敵に殺されて死ぬなんて。

俺の闘志に火がついた。考える前に助けずにはいられなかった。黒谷の命を。

俺は全力でブアウド仮面に体当たりをぶちかました。剣がふっ飛び、ブアウドは壁で頭を強打してずるずると崩れ落ちた。そばの棚から分厚いファイルがドカドカとその上に落下する。仰向けに倒れたブアウドは書類に埋もれてがくりとなった。

恐怖の殺人鬼の動きが止まったとたん、脳を支配していたデジタル音が消えた。異世界が閉じたようにグリーンの光がみるみる薄れていく。たちまち色が戻ってきた世界に、顔面蒼白で腰を抜かしている黒谷が見えた。

「あ、赤城――」黒谷が息をのむ。「おまえ……」

「や、やっつけた？」俺は息が続かない。

スマホで黒谷が殺されかけているのを見たとき、俺の中で今まで知らなかった俺が爆発した。怒りは恐怖を凌駕する。そして、生存本能をも。階段を一段飛びで駆けあがり、美咲がカメラを構えていた会議室に弾丸のように飛びこみ、ブアウドを吹っ飛ばした。

黒谷は信じられないように俺を見つめている。カメラを向けている美咲も。俺だって自分がこんなことをするなんて信じられない。

「……あ、ありがとう」黒谷の声がかすれる。

俺は知っている。逆だったら黒谷は絶対に俺を助けなかっただろうということを。

立ちあがろうとする黒谷の足はすくんで動かない。

「……立てよ」俺は手を差し出す。

俺の手を握る黒谷の手はまだ震えている。俺たちの間に今まで知らなかったエネルギーが流れる。美咲がそんなふたりをじっと撮影している。手と手が離れても、そこに通ったものは残っているような気がする。

「作り物が動き出した」俺は美咲を振り向く。

「どうしてかしら？」美咲がつぶやく。

「美咲さん、あんたが作ったんだろ」

「わたしは、魔術書のとおりに作っただけ。使ったのは木と、布と、それからあの仮面」

「仮面は本物だろ」

「そう、だいぶ前に教授から譲ってもらった」

本物の黒魔術の仮面が、作り物の像に命を吹きこんだのか。現実にそんなことがあるわけないと言いたいが、目の前であったらもうそれは現実だ。

俺たちは壁ぎわに倒れているブアウドに近づいていった。不気味な仮面はファイルの下になっていて見えない。

「あ、あれ？　どうなったの？」

そのとき、後ろから驚いた声が響く。振り向くと、白石がドアのところに棒立ちになっていた。死んでいたはずの黒谷が生きているのが信じられない様子だ。白石の裏切りはカメラがしっかりとらえていた。

「てめえ――」黒谷が白石を睨みつける。

「……だ、だってさ」白石はおろおろし、いきなり手を合わせて拝んだ。「ごめんっ」

もし黒谷が死んでもごめんで終わらせたのか。ずるくて弱くて逃げ足が早くて、自分が助かるためには友だちを犠牲にできる白石。黒谷は一生忘れないだろう。

うう……そのとき、かすかなうめき声が聞こえた。

俺たちはすくみあがった。ブアウド仮面の黒マントに包まれた腕がもぞもぞ動いている。体の上にあったファイルが振動し、床に滑り落ちて音を立てた。

「は……？」俺はかがみこんだ。「作り物じゃない……？」

マントの下には体のようなものがあり、心なしか人間らしく見える。またうめき声をあげた、その声も人間ぽい。俺たちに襲いかかったときの不気味なうなり声はなんだったのか。

「気をつけろ」黒谷が警告する。

俺は警戒しながらブアウド仮面の上の書類をそっとどけてみる。仮面が少しずれ、首のあたりの柔らかそうな皮膚が見える。どう見ても人間のお肌だ。

「人だ」俺はつぶやく。

それでは、ブアウド仮面は魔術で動いていたのではないのか。中に人間が入っていたのか。俺はその正体を見極めようと仮面に手を伸ばす。

「や、やめようよ」白石が泣き声を出す。

恐怖より好奇心が先に立つ。どんな人間が俺たちを斬り殺そうとしたのか、俺は知らずにはいられない。思い切って仮面に両手をかけ、そうっと外す。

「な、なんでだよ」俺は思わず声をあげた。

仮面の下の顔は、なんと緑川だ。ひそめられた太い眉、カサカサの半開きの唇、苦しげな息。顔色は悪くてだいぶ活きが悪いが、ちゃんと生きている。

「本物の緑川かよ」黒谷が近づいてきてしげしげと顔を見る。

「そうみたいだ」俺はうなずく。

「気をつけてよ」白石はまだ怯えている。「さっき俺たちを襲ったんだよ、剣で――」

「だとしても、もう反撃はできないだろ」

よりによって緑川が、なぜ俺たちを殺そうとしたのか。頭がおかしくなったのか。俺はそうとは知らず友だちに決死の体当たりをかましたのか。

「おい」俺は緑川を揺さぶった。「緑川、おいっ」

うう……緑川はうめき声をあげる。まさか頭の打ちどころが悪かったんじゃないだろうな。焦った俺が何度か揺さぶると、やっと薄目が開いた。

「……あ、赤城」緑川は驚いたようにあたりを見回す。「あれ、俺……」

俺はもがくように起きあがろうとする緑川を助け起こす。緑川は信じられないように部屋を見まわした。

「――俺、俺、戻ってきた」

さっきまで叩き斬ろうとしていた仲間たちの顔を見回して涙ぐむ緑川を見て、俺たちはあっけにとられた。

「緑川、おまえ、どうなってんだよ」

「わかんない」

「わかんないって、おまえ俺たちのこと襲ってきたんだぞっ」

緑川のまつ毛の濃い目が点になる。

「……な、なんのことだよ、赤城」

「や、だから、おまえブアウドの仮面かぶって、俺たちを殺そうとしたんだよ」

「なに言ってるかさっぱりわかんないよ」

「は、覚えてないのかよ」

緑川の顔はとぼけているようには見えない。そもそも緑川が俺たちを殺す動機も、メリットもないのだ。と、緑川がやっと何かを思い出したように顔をあげる。

「ブアウドの仮面のやつらに襲われたのは、俺だよ」

何を言い出すのか。まるで加害者が被害者のフリをして罪をバックれようとするみたいな展開だ。

「やつら？」俺は訊く。

なぜ複数形なのか。俺たちを襲ったのはブアウド仮面だけだった。

「ああ、ブアウドの仮面がボスで、その部下みたいなやつらがなんか奇妙な仮面かぶって、俺の周りを踊りながら回って、それからわーって襲ってきて――」

俺の背中を冷たいものが走った。

そいつは、俺の見た悪夢だ。なぜ、そっくりの体験を緑川がしているのか。

「……どこで？」俺は動揺を隠して尋ねる。

「あの、儀式の場所」緑川は答える。「まったくおんなじなんだけど、光が青っぽくて、誰もいなくて、俺しかいなくて——でも、スマホでアクセスしたら、赤城たちの様子が見えた。喧嘩してた。そんでロシアンルーレットやって」

黒谷と白石も唖然として聞いている。どうやら緑川は本当のことを話しているようだ。

「ほんとだよ。俺が死んだとか言ってたから、なんとか連絡とりたくてチャットに書きこんだのに、誰も気づいてくれなくてさ」

「じゃあ」黒谷が言う。「青山にナイフが刺さったのも——」

「ああ、見てたよ。で、青山が消えた」

俺たちは理解不能と書いてある顔を見合わせた。いったい緑川はどこにいたのか。

「どうなってんの？」白石の目は泳いでいる。

「もしかして緑川くん、課金して書きこんだ？」

それまで黙って撮影していた美咲が、急に思い当たったように訊く。

「ああ、課金しないと書きこめなくて。千円でやっと十文字書きこめた。誰も気づいてくれないから一万円も払ったのに」

「あ——本当にあなただったの」美咲は驚く。

そんなことは一言も聞いていない。俺たちの中で緑川はずっと死んでいたのだ。もし、その時点で緑川が生きていることが伝わっていたら、どんなに安堵したことか。

「どうして教えてくれなかったんだよ」黒谷が美咲に抗議する。

「だって、そんなの誰かのなりすましにしか思えないでしょ」

「そうだとしてもさ」

「あなただったら本物だって判断できた？」美咲はアイパッドを見せて声を荒らげる。「書き込みが溢れてるのよ。他にも課金している人はいたし」

「考察はするさ」黒谷は言い返す。

「だとしても、もう終わったことでしょ」美咲は居直る。「今さらどうしようもない」

突然、黒谷が美咲のアイパッドにつかみかかった。彼女が抵抗するまもなく、あっという間にその手から奪いとる。

「課金しているのが緑川？」黒谷はチャットを手早くスクロールしていく。

「そうだよ、課金しないとテンテンになるだけだった」緑川が言う。

「あった、これか」

黒谷がショッキングピンクのバックのコメントを緑川に見せる。なりすましが一万円も課金するものか。

青山は死んでない　俺にもナイフが刺さってた

ここには誰もいない
閉じこめられている　でも場所はそこと同じだ
今起きていることは理解できないけど　とにかく青山は死んでないはずだ
誰か俺に気づいてくれ！

これだよ、と緑川はうなずく。だったら、その青いフロアはいったいどこにあるのか。どうして緑川は仮面をかぶってマントを着て戻ってきたのか。まるで誰かが着せ替えごっこをして遊んでいるようだ。

「つまり」黒谷は考える。「消えたとしても死ぬわけじゃないってことか」

「だけど、青山にはナイフが――」白石が言う。

「俺が気づいたとき、俺の胸にもナイフ、刺さってた」

緑川は黒いマントの胸元をはだける。その下は緑川が着てきたモスグリーンのシャツだ。だが、どこにも穴はないし、血も一滴もついていない。ナイフが刺さったという証拠は消え、緑川は生きている。

「マジかよ。そうだ、それ写真で見たぞ」俺は希望の声をあげる。「え、じゃあ、青山、死んでないかも」

「俺んとこからナイフが消えたら、おまえたちのとこに現れたんだよ」緑川は言う。

「ルーレットもそうだよ。あの皿も、最初は俺んとこにあったんだ」

どうやらテレポーテーションのようだ。もしかしたら、緑川も同じようにテレポーテーションしたのか。そして、またブアウド仮面と衣装の中にテレポーテーションした。青山も？

「青山、死んでない」俺は嬉しくなる。「な、死んでないんだよ。どこかに消えただけなんだ」

「そうだ、そういえば――」緑川が思い出したように言う。「ブアウド仮面がさ、俺に言ったんだよ」

またしても衝撃の発言だ。ブアウド仮面は言葉が話せるのか？　それはいったい何語なんだ？　まさか日本語ペラペラではないだろう。

「言った……？」俺は訊く。「しゃべったのか？」

「や、しゃべったわけじゃないんだけど」緑川はうろたえる。「俺をじっと見て、そんで――なんか、伝わってきた」

今度はテレパシーか。現実派だった緑川が今は信じられないようなことを言っている。

「なんて言ったんだよ」俺は尋ねる。

「願いを叶えてやるって」

は？　と俺は思わず言う。あの殺人鬼がそんな親切なことをしてくれるだろうか。

「つまり」緑川はみんなを見回す。「この、儀式を計画したのは誰か――」

そうだ、それが緑川の願いだった。今はその答えが切実に聞きたい。白石は口を半開きにして緑川を見つめている。

「誰なんだ」黒谷が勢いこんで訊く。

「自分、だって」緑川は答える。

「え？」

「や、つまり、儀式を俺たちにやらせたのは――ブアウドだってさ」

緑川は床に転がっているブアウドの仮面に目をやる。その震え声は、いつものユーチューバーのカッコつけた声とは別人だ。

「犯人は、ブアウドだ」

緑川の願いは叶えられ、俺たちは地獄に突き落とされた。

ブアウド――その悪魔のような存在がこのすべてを取りしきっている。自らカミングアウトした。どんなに不条理でも、もうそれを現実だと認めるしかないのだ。

俺たちはブアウド魔術の巣窟に捕えられ、とんでもない試練を受けている。魔術をバカにした緑川は特にひどい目にあった。

だが、どうやらブアウドは俺たちを殺す気はないようだ。だったら、なぜこんな恐ろしい指令を次々と下し、人を消したり戻したりするのか。俺たちを弄《もてあそ》んで笑っているのか。

緑川はすっかり生命力を吸いとられてしまったように、極度の疲労状態にあった。これが逆らった罰なのか。俺は立ちあがるのもやっとの緑川に肩を貸し、意気消沈した黒谷や白石は肩を落として儀式のフロアに向かって歩いた。

「続けましょ」美咲はまた俺たちを鼓舞《こぶ》する。「まだ終わってない」

その手にはあのブアウドの仮面を持っている。犯人がブアウドだとわかっても、このまま儀式を続けるしか道はないのか。指令はあと二つだ。

「今度は、何が起きるのかな」俺はつぶやく。

「それは誰にもわからない」美咲が応える。

「あなたにも？」

俺は美咲を振り向く。まだこの女に引っかかりを感じている。

「何度も言わせないで」美咲はため息まじりに言う。

だが、嘘は何度でもつける。むしろ、一度ついた嘘は最後まで貫き通さないとならない。嘘は嘘を生む。

「ねえ」白石がふと言う。「じゃあ、青山の願いも叶うってこと？」

熊澤風花に会いたい――そんな今っぽい願いがブアウドに叶えられるのだろうか？　青山は緑川のブルーフロアには現れなかったという。だったら今、どこにいるのか。

「青山と会えたら、訊いてみろよ」黒谷は白石に冷たく言い放つ。

ようやくフロアに戻った俺たちは、祭壇を見るなり驚いて立ち止まった。仮面をつけていないのっぺらぼうのブアウドの像が、元どおりに黒マントを着て剣を手にして立っている。マントや剣は会議室に置いてきたはずなのに、どうしてここにあるのだろう？

いや、こんなことはもはや不思議でもなんでもない。この異世界の支配者、ブアウドはあらゆるものを思いのままに動かせるのだ。

「ね、これ」

美咲が持ってきたブアウドの仮面を俺に差し出してくる。くり抜かれた目の穴の向こうに彼女の指が見えている。

「元に戻したほうがいいでしょ？」

さっきまで俺たちを追いかけ回していた不気味な仮面。本当なら踏みつけて壊してやりたいぐらいだが、そんなことをしたら次に消されるのは俺だ。俺は緑川を魔法陣のそばに座らせ、仮面を黙って受け取る。異様な感触が指に伝わってくる。やはりこの仮面には魔力があるのだ。

儀式はまだ終わっていない。終わらせたらどうなるのかわからないが、解放される可能性もある。そのためにはとにかく進めるしかない。俺はのっぺらぼうのブアウドの像に近づき、首元からマントの下を覗いてみる。木の枠組みしか見えない。また動き出したらどうしようかとヒヤヒヤしながら、慎重に仮面を顔の位置に取りつける。

その瞬間、見えない配線がつながったように祭壇の上のブアウ人形が赤い光を放った。また何か起きる——俺たちが息を詰めたとき、中空に赤い光がきらめき、布袋がころりと魔法陣の上に転がった。

「なんだよ」緑川が後ずさる。「どっから出てきたんだよ」

「それがわかったら苦労しないって」黒谷の口調は落ち着いている。

人間、どんなことにでも慣れるものだ。俺は布袋に近づいて拾いあげる。軽い。そして、予想された数字がそこに書かれている——〈8〉。

「もうやだよ」白石が泣き声をあげる。「終わりにしたい」

「わかってるだろ」黒谷は冷静に言う。「俺たちは逃げられない」

「指令は——九つ」美咲が言う。

九個の指令をコンプリートしなければ終われない。この軽さはおそらくまたメモだろう。どうせまたロクでもないことが書いてあるに決まっている。

「開けるぞ」俺は黒谷に確かめる。

ああ、と黒谷は覚悟を決めたようにうなずく。

俺は袋の中から紙切れを取り出す。他の仲間たちの痛い視線を感じながら。たった二文字の短いメッセージが目に飛びこんでくる。意味がわからない。

「なんて書いてある？」

近づいてきた黒谷に俺は紙を渡す。黒谷もそれを見て怪訝な顔をする。

「な、なんて」白石が勢いこんで訊く。

黒谷は黙って白石に文字を向ける。

飛べ——。

「飛べ？」白石の声が裏返る。「どういうこと？　どういうことなの？」

「みんな同じもの見て、同じ体験してるんだよ」黒谷がイラついた声をあげる。「人にばっかり頼らないでさ、少しは自分で考えろよっ」

「……やっぱり黒谷、怒ってるんだ」白石がうつむく。

「何を」

「俺が、抜け駆けして逃げたから怒ってるんでしょ。あやまったじゃないか。ごめんって」

さすがにひどいことをした自覚はあるのか。白石は反省モードで目を潤ませている。

「白石、ほんとに悪いと思ってるのかよ」黒谷は睨みつける。

「思ってるよ」

「そうか、思ってるんだ。だったら次は白石の番だよな」

「え？」

「飛ぶのは白石だ」

白石の目が泳ぐ。指名されても、何をやればいいかわからないように。

「――飛ぶってどういうこと？」

空を飛ぶ？　宙を飛ぶ？　どうやって飛ぶ？

俺にもわからない――そう言おうとしたとき、俺は奇妙な光景を目撃する。またしてもあり得ない怪奇現象だ。

「おい」俺は部屋の入り口の方を指差す。

モヤだ。灰色のモヤが生き物のように蠢《うごめ》き、何かの形を作っていく。それは大きな矢印だ。これもブアウドの指示なのか、矢印は部屋の外を示している。

「おい、赤城」

黒谷が警告するのもかまわず、俺は矢印に従って廊下に走り出ていく。黒谷と白石、やや遅れてよたよたした緑川と美咲もついてくる。宙に浮かんだ矢印が示しているのは、階段の吹き抜けの下だ。俺は手すりに駆け寄って下をのぞきこんだ。

高層ビルの屋上から下を見たように足がすくむ。そこにあった階段の吹き抜けは深遠な闇の穴と化している。灰色の霧が渦巻くその光景は、どこかの宇宙に続くブラックホールのようだ。いや、ずっと下の底の方にチロチロと赤い光が見える。

マグマだ。どろりとした溶岩が飛び散り、地獄のように口を開けている。

飛べだと？ 見ているだけで気を失いそうなこの死の穴に飛べというのか。

「冗談だ、絶対冗談だ」白石が半狂乱の笑いを浮かべる。

「だ、だから、次は白石だって」黒谷は震えながら壁に後ずさる。「俺は高所恐怖症なんだよっ」

「冗談だろ――」

「おまえみたいに、簡単に人を裏切るクズが飛べって言ってるんだよ」

「だから謝っただろっ」

命をかけた喧嘩がまた始まる。高所恐怖症でなくても、俺だってこんなところへ飛ぶのはゴメンだ。

「ほら」黒谷は座りこんでいる緑川を指差す。「緑川は戻ってきた。死ぬことはないんだよ」

本当にそうなのか――俺は息をのむ。この恐ろしいブラックホールに飲みこまれて生きて戻れるのか。

「な、心配しなくていいからさ、白石飛べよ」黒谷は白石の胸ぐらをつかんで手すりに追い詰める。「そうしたら、おまえが俺を犠牲にして逃げたこと、すっかり忘れてやるから、それでイーブンだよ。そうだろ、白石っ」

「お、おい黒谷——」俺は制止しようとする。

「赤城は黙ってろっ」

いつもは冷静な黒谷が恐怖のあまり我を忘れている。自分の命を助けた俺のことは死のジャンプの除外対象らしい。

「嫌に決まってるだろっ」白石は逆上し、黒谷の体を押し返す。

黒谷がバランスを崩して手すりのそばに転がる。あわてて尻をつくと、そのまま後ずさっていく、その顔は真っ青だ。

「こっから飛んだら落ちて死ぬだろっ」白石はわめく。「俺だって怖いんだよっ、嫌だっ」

「いや」俺は楽観的推測をする。「たぶん、死なない」

青山もきっとどこかで生きている。そう信じたい。

「緑川はあんな消え方したけど、青山は、胸にナイフが刺さったんだよ」白石は泣き声を出す。「普通死ぬでしょ。それと同じで、こんなとこに落ちたら人は死ぬんだよ」

「だから」緑川が口を挟む。「俺も気がついたとき、胸にナイフが――」

「体に刺さったわけじゃないじゃんっ。傷もなかったし」

「――まあ、そうだけどさ」

青山は俺たちの目の前で心臓にナイフが刺さり、呼吸が止まった。そう言われると俺も自信がなくなる。

「あ」白石は思いついたように俺を指差す。「赤城が飛べばいいだろ」

「また俺かよ」俺はうんざりする。

「だって、死なないって確信があるんだろ？　だったら赤城が飛べばいい。平気なんだろ？　だったら飛べよっ。俺は嫌だっ」

「確信って……そうか」俺はうなずく。「……そうだよな」俺は目を伏せる。「そうですね――って、簡単に飛べるわけないだろっ」

「死なないって言ったじゃんか」

「確信はないって」

「言い切ったじゃんかっ」

白石はガキの喧嘩のように突っかかってくる。

「白石、おまえどうしたんだよ、自分のことしか考えてないだろ。さっきからエゴすぎなんだよ。おまえそんな奴だったのか？」

「あのさあ、こんな状況で、人のことまでどうやって考えるんだよ。だからずーっと言ってんじゃん、俺は、こんなことやりたくなかったんだよ。だから赤城に――」

「やめろよ」緑川が必死に俺と白石の間に入る。「やめてくれよ、落ち着けって」

「そうだ――」

そのとき、壁ぎわに座りこんでいた黒谷が急に気づいたように声をあげる。

「青山、あいつも緑川みたいに俺たちの様子を見てるかもしれない。スマホでアクセスできるんだろ？」

「あ、ああ、俺にはできた」緑川はうなずく。「なんとかして連絡とろうと思ったからさ」

「青山の書きこみは？」黒谷は撮影している美咲を振り向く。

「えっ」美咲はもたもたとアイパッドを確認する。「――今のところ、ないみたい」

「貸せっ」

黒谷は立ちあがって美咲の手からアイパッドをもぎ取り、すばやいスクロールでコメント欄をチェックしていく。

『青山くーん、返事して！』『俺が青山ですｗｗｗｗｗ』『荒らすな』

『あーおーやーまー』『コメント民ウザ』

ろ」

「絶対見てるだろ」

「ない——ねえじゃねえかよ」黒谷は失望する。「ニセ青山ばっかだ」

「でも、たしかに青山、俺たちを見てるかも」俺も黒谷に同意する。「絶対見てるだ

「そうだ、絶対俺たちのこと見てるはずだ」黒谷がうなずく。

もし生きてさえいれば。俺は美咲に合図し、カメラの真正面に立ってレンズを見つめる。どこかで、たとえそこがどんなひどいところでも、これを見ているはずの青山に向かって心から呼びかける。

「おい、青山、この中継見てるんだろ？　チャットに課金すれば書きこみができるんだよ。おまえが生きてるって確認したいからさ、書きこんでくれよ、青山——」

17

自分の胸にナイフが刺さる瞬間がリフレインされている。何度も、何十回も、何百回も。青山はその死の繰り返しから逃れようともがいていた。

こんな最悪な体験は思い出したくない。やめて。もうやめて——ここから先に進んで。頼むから、お願い——。

急にどこかから青い光が差しこんできた。その願いが聞こえたように、ナイフの映像が青い霧に溶けていく。バグを起こした脳からリフレインが消えた。

助かった……青山はうめき声をあげ、薄くまぶたを開いた。

見覚えのある落書き、祭壇、ブアウド仮面の像にブアウ人形。そこは、あの儀式のフロアだ。ひとつちがうのは、あたりが光源のわからない青い光に満ちていることだった。

みんなはどこに行ったのだろう。青山は魔法陣の描かれた床に起きあがり、あたりを見回した。誰もいない……いや、軽やかな足音が響いている。自分がルーレットで生贄に選ばれたことを思い出した。でも、なぜかこうして生きている。

まさか、あれにまだ続きがあるのか。後ろから近づいてくる人の気配に、青山はひきつった顔で振り向いた。

「……え」

心臓をぐさりと刺されたような気がした。どんな恐ろしいモンスターが現れてもこれほどのショックは受けなかっただろう。

青山の視界にキラキラと星くずが降り始めた。きらめく真っ白なブーツ、パールのストッキングで包まれた人形のような脚、フリル満載の白いミニドレス。輝くオーラをまとって青山を見つめているのは、この世のかわいさを全部集めて凝縮した存在だ。脳に、心臓に、全身に血が駆け巡り、青山は一気に覚醒した。

「……風花、ちゃん？」かすれた声がその名を囁いた。

熊澤風花は天国から降りてきたばかりの天使のようだった。ツヤツヤの唇が青山のために微笑みを浮かべる。青山の魂は宇宙の果てまですっ飛んでいった。

これは、きっと夢だ。

風花は青山しか目に入らないように見つめながら、かがみこんで顔を近づけてくる。その距離、わずか三十センチ。青山は風花のことならなんでも知り尽くしていた。マカロンが好きで、特技は胸キュン台詞、趣味は猫の生態調査。知らなかったのは、このジャスミンのような甘い香りだ。それは青山の脳を麻薬のように麻痺させた。

もちろん、青山は何度もアイドルユニット〈タスク・ハブ・ファン〉のコンサートに通い、ステージ上の風花と会ったことはあった。最前列に陣取り、発光ライトスティックを振って踊りまくった。でも、息のかかるほど近くでふたりきり、こんなシチュエーションは夢のそのまた夢だった。

と、風花の視線が青山の胸のあたりに落ちた。青山はやっと、そこにナイフが刺さったままになっているのに気づいた。だが、風花は銀のネイルがきらめく手を伸ばしてナイフの柄を握ると、なんでもないことのようにスッと抜いてしまった。ぜんぜん痛くない。刃に血もついていない。頭がぼーっとした青山はその理由を考えられなかったし、不思議とも思わなかった。

そんなことはどうでもいい。気分は最高、まるで恋愛ファンタジーゲームの主人公になったようだ。

「青山くん」風花が小鳥みたいにかわいらしい声で囁いた。

「風花ちゃん……会えたんだね」

熊澤風花ちゃんに会いたい——そう、青山の願いは叶ったのだ。

「そうだよ」

風花はナイフを手にしたまま立ちあがり、ブアウド仮面の方に歩いていく。青山は陶然としてその光景を見つめた。なんという究極の対比だろう。天使と悪魔、白と黒、美と醜。不気味な像の前で、世界でいちばん愛らしい生き物がミニスカートをひらりと翻して振り向く。

その瞬間、そこはきらびやかなライトに照らされたステージに変わった。ミラーボールの光、色とりどりの風船、きらめくテープ。ノリのいい音楽が大音響で始まる。スポットライトを浴びた風花の手にもうナイフはなく、彼女はちがう生き物のように両手をクロスして踊り出した。

待ちわびた　太陽のシーズン
輝くフリーダム　準備はいいかい?
ポケットの中の夢　虹をかける
神サマー　悔しい涙は汗に変えて

風花の独占オンステージだ。青山は飛びあがるように立ちあがり、いっしょにジャンプし始めた。その両手にはいつの間にか発光スティックライトが握られている。

「ふうっかちゃーん、ふうっかちゃーん」

眩《まばゆ》い光が交錯したかと思うと、風花の両サイドに女の子たちが現れた。〈タスク・ハブ・ファン〉の白岡今日花《しらおかきょうか》と里仲菜月《さとなかなつき》だ。ぴったり息の合ったダンスと歌。三人のきらびやかなパフォーマンスがステージで炸裂する。青山は幸せいっぱい、ノリノリでスティックを振り回し、絶叫した。

「わおお、タスクハブファン、最高」

ジャンプ、ジャンプ。青山はいっしょに歌い始めた。もちろん歌詞も振り付けも全部覚えている。風花はそんな青山を愛おしそうに見つめながら手を差し伸べてきた。

「青山くーん、きて」

風花の手招きに青山は魔法がかかったように引き寄せられ、ステージの上に駆けあがった。生まれて初めての異次元。三人と息を合わせ、青山は歌い、踊りまくった。体が浮きあがり、全身の細胞が若返る。

僕たちは今、つながっている。僕たちは愛し合っている。

「ふうっかちゃーん」

ここは天国。青山の脳は快楽ホルモンを最大限に放出し、夢の世界で悦びまくっていた。もう他のことなんかどうでもいい。

18

「青山、あいつ見てないぞ」黒谷は眉をひそめる。「なんでだ？」

アイパッドを抱えた黒谷はコメント欄に目を釘付けにして、青山の書きこみをひたすら待っている。もし青山が生きていたら、俺たちに連絡をとろうと必死になっているはずだ。

だが、まだ書きこみはない。まさか本当に死んでいるんじゃないだろうな。

「もう少し待ってみよう」俺はもう一度、美咲のカメラに向かってカメラ目線で呼びかける。「——おい、青山、生きてるんだろ？　書きこみしてくれよっ」

俺も黒谷の横からアイパッドをのぞきこむ。白石と緑川もやってくる。四人が今か今かと見守る中で、コメントはどんどん溢れていく。


『いいかげん気づけよ青山』『必死アカギ好き』『トレンドに青山ｗｗｗ』

『青山くんほんとに生きてる？』『はよ書きこめや青山』


「ない」黒谷が言う。

「ないね」白石も心配そうだ。

そのとき、俺は別のコメントに目をとめる。

教授『美咲　調子はどうだ』

なんだこれは。俺たちは顔を見合わせ、問うように美咲を見る。やはりこの女は教授と共謀しているのか。

「これ、美咲さんの知り合い？」白石が疑いの目を向ける。

美咲がカメラを持ったまま近づいてきて、そのコメントに目を走らせる。

「あ……ちがう」

怪しいほど無表情だ。黒谷はコメントをさかのぼってチェックし始める。すると、他にも教授からのコメントが見つかった。

教授『どんな状況か知らせろ』
教授『青山はオタクだな』
教授『黒谷はキレる男だな』

教授はただ中継を観ているだけなのか、それともこの儀式の進行に直接関わっていたのか。白石の顔色が変わり、美咲に詰め寄っていく。

「美咲さん、いいかげん、知ってることを言ってください」

「こんなの本当の教授じゃないってわかるでしょ」美咲はむっとする。

わからない。さっき美咲は本物の緑川のコメントを偽物だと判断していた。どうやって本物か偽物か見極めろというのか。

「あんた、突然やってきて俺たちのドキュメンタリーを撮るって言った」白石の声がだんだん高くなる。「まるで、たまたまそんな話をもらったみたいなこと言ってたでしょ。でも、ブアウドの仮面を持ってた。俺らだけでやるんだったら、魔術書見て作るしかなかったのに、あんたは本物持ってた。これってどういうことですか？」

白石の手が美咲を小突く。カメラを持った美咲はぐらりと傾いた。

「ちょっと――だから、あれは教授から渡されたって言ったでしょっ」

頭にきた美咲は負けずに白石を小突き返す。

「俺は、黒谷みたいに頭よくないけど、あんたが何か隠してることくらいわかるよ。それに、緑川から通信がきたこと、わかってて隠してたでしょ」

「誰だってあんな状況で、緑川くん本人だなんて思わないでしょ。さっきも言った。もうそんなこと繰り返すのやめて、先に進みましょうよっ」

美咲の声がどんどんヒステリックになり、白石に詰め寄っていく。

「だいたい教授と接触したのは、わたしじゃない、あなたでしょ」

そう言えばそうだ。白石は教授からブアウ人形や魔術書を渡されたはずだ。いったいどんな人物なのだろう。白石は教授のコメントを見て、ははーんという顔になる。

「これ、ひょっとしてニセモノのふりして、いくつか重要な内容が暗号化されてるとか、そういうんじゃないですか？」白石はまた美咲を小突く。「絶対そうだ、教授からチャットで指示が出ているはずだ。きっとそうだ」

「はあ、バカみたいっ」美咲が叫ぶ。

「バカじゃないっ」白石が叫び返す。「あんた自分がここから落ちないってわかってるから、そんな落ち着いていられるんだろ。絶対そうだ、そうに決まってるっ」

いきなり、白石は美咲に飛びかかってその手からカメラを取りあげた。すばやくそれを緑川にパスする。

「あ、なにするの――放して」

美咲が悲鳴をあげるのに構わず、白石はその両肩をつかんだ。そして、睨みつけながら吹き抜けの方に押していく。

「何すんのよっ」

「あんたが飛べ」白石の叫びには憎しみがこもっている。

「やめて、放してっ」美咲は必死に抵抗する。

「ひとりだけ傍観者とか、許せないっ」

今まで押さえていた白石の不信感が爆発している。これは本気の争いだ。カメラを渡された緑川は座りこんだまま撮影を続けている。

「おい、白石」俺はふたりを止めようと駆け寄る。

「飛べっ」白石は美咲の体を手すりの向こうに押し出す。「さあ」

美咲の上半身が渦の上にせり出し、下からの風に髪が吹きあがる。

「やめて」美咲は悲鳴をあげる。「ちょっと、この人をなんとかしてよっ」

「白石、やめろよ」俺は白石の肩に両手をかける。

「うるさいんだよっ」

白石は俺を思い切り突き飛ばした。不意をつかれた俺は廊下に転がる。その隙に必死に逃げようとした美咲を、白石はまた捕まえて手すりに押し戻す。

「さあ、白状しろ」白石はわめく。「助かる方法知ってんだろっ」

「いや、やめて、こんなの無意味だって、誰か、助けて、ちょっとっ」

精一杯の抵抗をしてもがく美咲の右足を白石は持ちあげる。美咲の体がぐらりと傾く。このままでは本当に美咲は落ちてしまう。俺は立ちあがり、もう一度助けに行こうとした。

「待て赤城」黒谷が手で俺を制止する。

「なんだよ」

「何か、情報が出てくるかもしれない」

黒谷も美咲を疑っているのだ。つまり、これは尋問というわけか。俺も美咲を怪しいと思っていたのは確かだが、こんなことで隠しごとを白状させられるのか。

「助けてってばっ」乱れ髪の隙間から美咲の必死の目が俺を見る。

「白石は本気だ」黒谷は冷酷に美咲に告げる。「このままだと落ちますよ」

「あんたは脱出する方法知ってんだろっ」常軌を逸した白石は美咲の足をさらに高く持ちあげる。「教えろよっ」

美咲の顔が恐怖で醜く歪む。灰色のモヤが犠牲者を待ちかまえるように渦巻き、下の方で火花が散る。

「中継で何十万人も見てる……っ」美咲は必死で叫んだ。「あなた、わたしを落としたら殺人犯よ――」

死ぬかどうかはわからない。だが、白石がやっていることはまさしく犯罪だ。しかも目撃者も証拠もこれでもかというほどそろっている。

「白石、やめろ、おいっ」俺は黒谷を振り切って白石の両肩を後ろからつかむ。「捕まりたいのか」

たじろいだ白石の力がゆるむ。美咲の足が床につき、彼女は命からがら廊下の反対側に逃げて床にくずおれる。

「――見かけによらず力があるんだね」美咲は髪をかきあげながら白石を睨む。

白石も荒い息を吐きながらへたりこむ。黒谷は汗だくの美咲に近づき、同情のかけらもなく見下ろす。

「美咲さん、もう嘘はやめてくれ。あなた、何かあったときのために教授と連絡をとる方法を絶対に用意しているはずだ」

「連絡は、とってない」美咲の答えは変わらない。

これだけ怖い思いをしたのに、もし本当に隠し事をしているとしたら図太すぎる。

黒谷は冷ややかな顔でまた美咲のアイパッドに目を落とす。

「教授のハンドルネームは？」

「教授は、書きこみなんかしてない」美咲は言い張る。

黒谷はその言葉を信じず、コメント欄をスクロールしていく。俺は黒谷の後ろからアイパッドを覗きこんだ。

そのとき、画面にショッキングピンクのバックのコメントが現れた。待ちに待った課金コメントだ。

「あ、青山か？」俺は期待の声をあげる。

「そうかも」白石も顔をあげる。


『…………』

だが、画面に流れてくるのは点線ばかりだ。それが延々と続いていく。どういうことだ？　課金の金額が足りないのか？　俺たちは息を詰めて謎の点線を見つめる。緑川は座りこんだまま、そんな俺たちを撮影している。

『…………………………………………選べ』

俺たちの息をのむ音が響く。これは青山からの通信ではないのか？

『…………………………………ひとり　飛べ』

なんということだ。これはまちがいなく指令だ。またしても、俺たちの現在状況をしっかりと把握している。ブアウドはコメント欄に書きこみもできるのか。

「何があったの？」

美咲が俺たちの絶望的な様子に気づく。

「早く、飛ぶやつを選べだってさ」黒谷が睨みつけながら答える。

「急いだほうがいいんじゃないの」美咲は同情口調で言い放つ。

またしても自分は完全に部外者の立場だ。俺は白石の顔が怒りでひきつるのを見た。

「だから、あんたが落ちろっ」

白石は息を吹き返し、再び美咲につかみかかる。さっきよりも激しい勢いで。美咲は身を守ろうと、とっさにその腹に革ブーツで蹴りを入れた。

うわっ――白石が飛ばされて手すりに背中をぶつける。予期しない反撃。苦痛に歪んだ顔はたちまち怒りで赤く染まる。逆上した白石はうなり声をあげて美咲に猛突進した。美咲は身をかわし、白石がドアにぶつかる。怒りの形相《ぎょうそう》が美咲を振り向いた。

「やめろ、白石っ」俺は白石と美咲の間に飛びこむ。

「邪魔すんなよっ」白石は叫びながら俺を振り払う。

すごい力だ。俺はつんのめって転びそうになる。怒りの白石を誰も止められないのか。

「白石っ」

黒谷もさすがに介入することにしたようだ。白石の肩をつかんで自分の方を向かせる。

「もうやめろ白石。ここまでやっても何も言わないんだ。美咲さんは嘘は言ってない」

黒谷の説得に白石の力が少しゆるむ。うざそうに黒谷の手を振り払うと、上気した顔をぷいと横に向ける。あきらめてくれたのか。誰もがそう思った、次の瞬間だった。

「だったらおまえが飛べよっ」白石は叫んだ。

凶行は一瞬にして起こった。白石は大きく目を剝き、黒谷の方を向くなり思い切りつきとばした。黒谷の体が手すりにぶつかる。不意を突かれてバランスを崩したその足を、白石はすかさず向こう側へ押しやった。

手すりの外へと。渦巻くブラックホールへと。

わああぁ——黒谷の絶叫が吹き抜けに響き渡る。

黒谷は落下した。あわてて手すりに駆け寄った俺は、黒谷が地獄の穴に吸いこまれていくのを目撃した。血走った目が真っ黒な闇にのまれ、あっという間に赤い炎がそれを包む。

そして、何も見えなくなった。

「白石——」

愕然として振り向くと、白石は不敵な上目遣いで立っている。その顔に浮かんでいるのはぎらぎらした微笑みだ。美咲は声も出せずに立ちすくんでいる。

「おまえ……」俺の声が怒りでかすれる。「何やったのかわかってんのか」

「わかってるさ」白石は平然とのたまう。「魔術をコンプリートさせるために必要なことをやったんだよ」

それは、まるでミッションをクリアした勇者の態度だ。緑川がカメラから目を離して白石を唖然と見る。魔術よりももっと信じられないものを目撃したように。

まさか、そんな——俺は絶句する。白石は魔術をまったく信じてないのではなかったのか。ずっと否定し続けていた今までの言動は、全部、俺たちをだますための計算し尽くされた演技だったのか。

「誰かが飛ばないと、魔術が前に進まないんだよ」

白石はシニカルに微笑むと、俺たちに背を向けて部屋の方に歩き出す。人の心に隠された闇――それはブラックホールよりも恐ろしい。今の白石は俺の知らない黒い白石だ。

灰色のモヤのうねりがスローモーションのようにゆっくりになり、やがてあたりが元通り静かになっていく。黒谷を飲みこんだブラックホールはもう満足したようだ。

19

青山はまだキラキラ星の夢の世界にどっぷり浸かっていた。歌と踊りのステージが終わり、息を切らしながら熊澤風花と見つめあっている。天使は幸せそうに頬を染めていた。その目はまさに恋する瞳だ。

この瞬間を永久保存したい。

「青山くん、チェキ撮ろ」

夢心地の青山の気持ちが通じたように、風花は魔法のように赤いカメラを取り出してきた。青山は風花に手を引っ張られ、カラフルな風船で彩られたステージの真ん中に連れていかれた。メンバーの今日花がカメラを受けとり、慣れた様子で二人にレンズを向ける。青山はぎこちなく風花に寄り添った。

髪が触れる、肩が触れる、息が近い。

「いくよー」今日花が声をかけた。

風花が右手を丸くして青山の方に差し出してきた。ハート型の半分だ。青山はあわてて反対側から左手を丸くしてくっつけた。できあがったのは世界に一つだけのハートだ。

カシャ――シャッターの音が青山の心を震わせる。風花はカメラから現像剤がついたフィルムを取り出すと、いつの間にか手に現れた赤いマジックペンで丸っこい字を書きこんだ。

『ありがとう　青山くん！　大好き♡！　ふうか』

大好き、大好き、大好き……青山の頭の中にその三文字が呪文のようにぐるぐる回った。愛のメッセージとともに、フィルムに二人の姿がゆっくりとフェードインしてくる。どこからどう見ても完璧なラブラブカップルだ。

「ありがとう、風花ちゃん」青山の声は感激で震えていた。「宝物にするよ」

うん、と最高の笑顔を青山に向けた風花は虹のオーラで輝いている。もう一度チェキに目を落とすと、やはりそこにもオーラが写っていた。

すごい。何万人アイドルがいても、やっぱり風花ちゃんは特別な女の子だ、選ばれた人だ。僕は一生風花ちゃんについていくよ——青山は感涙して顔をあげた。

いない。熊澤風花は画面から消去されたように忽然と消えている。

「——あ、あれ？　風花ちゃん」青山は辺りを見回した。

魔法が解けたように空間のキラキラ星が消えていく。ステージもないし、今日花と菜月もいない。そこは元のブルーフロアで、儀式の祭壇には不気味なブアウド仮面とブアウ人形がいるだけだ。

「風花ちゃん、風花ちゃんどこ行ったんだよっ」

ひとりぼっちの陰気な世界に青山の声は虚しく響いた。天国から幽界に落ちたように、急に体も心も重たくなる。

「そういえばさ……ここって、どこなんだよ」

興奮のあまりそんなことはまったく考えなかった。青山は今さらながら心細くなり、祭壇に背を向けて膝を抱えた。そういえば他のみんなはどこに行ったのか。何か思い出さなければならない大事なことがあるような気がするが、夢から覚めるとみんな忘れてしまうように頭が働かない。今、青山の頭を九十九パーセント占めているのは、ただひとりの女の子の存在だ。

「ふうっかちゃーん」青山はもう一度呼んだ。

がらんとした空間に寂しく声がこだまする。誰も応えない。風花はどこに行ったのか。赤城たちはどこにいるのか。青山はどうすればいいのか何も思いつかなかった。

そのとき、後ろの方で何かが動く気配がした。

風花ちゃん？　青山は期待をこめて振り向いた。

だが、青山と目が合ったのは美少女ではなく、ブアウド仮面だった。嫌な予感がする。またひどい目に遭うような。

また？　青山の記憶に黒い影がよぎった。何かあったっけ？　何か、怖いことが。い、け、に、え――不意にそのおぞましい言葉を思い出す。ブアウド仮面の目がちかりと赤黒い光を放った。

「え？」

いきなり、青山の体に衝撃が走った。全身がカクカクとコマ送りのようにひしゃげる。細胞が攪拌《かくはん》されるような異様な感覚。そして、見えない魔の手で体がだんごに丸められ、どこかの暗闇にポイと放り出された。

青山は絶叫しながら落ちていった。これはきっと生贄の続きなのだ。

20

白石は早くゲームをコンプリートさせたくてたまらないように、率先して儀式のフロアへと戻っていった。魔術を信じていることをカミングアウトしてから妙にアクティブになっている。その白い後ろ姿は、いかれた教祖様のように俺の目に映った。

残された指令はあと一つ。白石は感慨深げに祭壇を見つめ、黒谷の黒人形の前で立ち止まる。何をするのかと見ていると、かがんで黒谷の願い事が入った封筒を手にした。

「おい白石、なにしてんだよ」

俺は急いで駆け寄っていく。だが、白石は俺をスルーしてさっさと封筒を開けてしまった。

「おいっ、白石」

「興味ない？　黒谷の願い事」白石は中に入っていたコピー用紙を読むと、ふっと鼻で笑う。「黒谷って、真面目なやつだよなあ」

黒谷は死んでない——俺はずっとそう自分に言い聞かせている。落ちていく黒谷の血走った目を思い出す。高所恐怖症だからきっと死ぬより怖かっただろう。

「――なんて書いてあるんだよ」俺はつい訊いてしまう。

俺はどこかで黒谷の頭の良さをリスペクトしていた。彼がユーチューブでホワイトボードにスラスラと書いていく数式。難解な理論をわかりやすく説くテクニック。俺とは頭の出来がちがう、その黒谷の願いがなんなのか……知りたい。

「量子力学の真実を極めたい、だってさ」白石はつまらなそうに言った。

ああ、そういうやつだよ、黒谷は。俺の中で、俺の知ってる黒谷のイメージは変わらない。そのことに安堵する。今はいったいどこにいるのだろう。

そのとき、またしても祭壇で異変が始まった。ブアウ人形が赤く光り、中空から何かが出現して魔法陣の真ん中に転がる。

布袋――〈9〉。

「きた」白石が嬉しそうな声をあげる。「最後の指令、ですよね」

そう言って撮影を再開している美咲を振り向く。さっきは彼女を地獄の穴に落とそうとしたくせに。

「そうね」美咲は低い無愛想な声で答える。

「これをやれば、魔術はコンプリートされるんだ」

まるで自分が主導権を握ったかのように、白石はいそいそと布袋を拾いあげてためらいなく中を開ける。そこにはまたメモが入っている。それを読んだ白石はラブレターでもらったように微笑み、思わせぶりな表情で俺を見る。

「なんて書いてあるんだよ」俺は尋ねる。

指令はどんどん苛酷なものになっている。しかもこれがラストだ。白石は黙って俺を見つめながら、果たし状のように紙を渡してくる。そこに書かれている言葉は、まさしく果たし状だった。

――戦え。

「なんて書いてあるんだよ」緑川が心配そうに訊いてくる。

「戦え」白石が楽しそうに答える。

「戦え？　誰が？」

白石は親の仇のように俺を見つめる。その目にはすでに闘志の炎が燃えあがっている。ブアウド仮面から泣きながら逃げ回っていた弱虫白石とは別人だ。

そのとき、部屋の空気が動く。またもや祭壇の周囲で風が発生し、二つの物体が出現する。床に突き刺さった二本の長い剣。それは、ブアウド仮面が手にしていたものと同じ鋭い剣だ。

「俺と、赤城が戦うんだよ」白石は宣言する。「そして、生き残った方が、完璧に願いを叶えられるんだ」

すっかり魔術の解説者気取りだ。今や白石はこの場を牛耳《ぎゅうじ》っている。期待でぎらぎらした顔で剣に近づくと、一本をすらりと抜き、光る刃を顔の前にかかげて惚《ほ》れ惚《ぼ》れと眺める。その切れ味を早く試したいというように。

「さあ、赤城」白石は嬉しそうに俺を振り向く。「早く剣を——」

「なんだおまえ——ずっと嫌がってたくせに、えらく積極的なんだな。どうしたんだよ」

「終わりが近づいてきたんだよ。俺は俺の願いを叶えたい。実現させたいと思ってさ」

「だから俺と、戦うって？」

「うん、俺、昔、剣道習ってたからさ」白石は余裕の微笑みを浮かべる。「きっと勝てる」

　白石は最初からずっと企んでいたのだ。魔術をコンプリートし、自分の望みを叶えることを。そのために何食わぬ顔で俺に話を持ちかけ、そして仲間たちを利用した。自分の願いのためには仲間なんか犠牲にしても構わない。そういうことだ。

「ざけんなよ」俺は白石を睨む。

　それほどまでに叶えたい、こいつの願い事とはいったいなんなのだ？

「早く剣取れよ、赤城」白石は偉そうに命令する。「指令に従わないと魔術は終わらないんだよ。ま、剣を取らなくてもぶった斬っちゃうけどね。だって何があっても死なないんだもんね。なあ、緑川」

「し、知らないっての」緑川はうろたえて目をそらす。

俺はまんまと白石にだまされた。吐き気がするほどのそのエゴい行動に、かつて感じたことのない怒りがこみあげる。それこそぶった斬ってやりたいほどに。俺は感情にまかせ、もう一本の剣に手をかける。人を殺すための武器に。だが、重い剣を床から引き抜いたとき、もうひとりの自分が囁く。

こんなやつと同じレベルになるな。

「ザ・サークル・イズ・ナウ・コンプリート」白石はカッコつけてつぶやく。

「なんだそれ」

「スター・ウォーズ」

「知らねーっての」

白石の目つきが決闘にのぞむ武士のように鋭くなる。俺を見据えながら、ゆっくりと剣をあげて右上段に構える。宮本武蔵《みやもとむさし》みたいに様になっているところを見ると、剣道をやっていたというのはハッタリではないようだ。そのまま一歩前に出て俺に近づいてくる。空気を押されるような迫力を感じ、俺は反射的に後ずさった。

美咲は俺たちの間に回りこんで撮影している。真剣勝負のライブ。視聴者数は爆あがりだろう。みっともない姿は晒《さら》したくない。俺も必死で剣を構える。だが、我ながら様になっていない。白石の気迫に押されて少しずつ後ずさっていく。そこへ白石はすかさず斬りこんできた。

カキン。かろうじて剣で受けたものの、簡単になぎ払われる。よろけた俺に向かって白石はぶん、ぶんと剣を振り回す。こっちは避けるのが精一杯だ。気がつくと、膝をついた俺の首元に白石の剣が突きつけられていた。

「これってさ、切れたらどうなるのかな」白石がふと言う。

余裕しゃくしゃくで剣を引っこめ、しげしげと刃を調べる。そして、思いついたように自分の左手の人差し指に近づけた。一滴の血を採るのも嫌がっていたのに、あれも演技だったのか。

ナイフが刺さったはずの緑川には傷口もなかったし、青山も出血していなかった。もしかしたらこの剣も切れないのかも――。

「イッタ」白石が声をあげた。

見れば、白石の指はすっぱり切れ、傷口に血が盛りあがっている。顔を歪めた白石はその指を急いで舐めた。

「これ、マジだわ」白石は血のついた唇で笑う。「切れたら痛いぞー」

真剣だ。剣を握る俺の手が震える。つまり今度は本当に体が切れて死ぬかもしれないということか。そしたら青山のように消えてしまうのか。青山も黒谷も緑川のように帰ってきてはいない。

「おい、白石、マジでやるのか？」

俺には正気の沙汰とは思えない。これは殺し合いだ。

「だって、願いが叶わないと楽しくないからさ」

唇に血をつけて微笑む白石は吸血鬼のようだ。白石の中に隠れていた残酷な白石。まるで二重人格だ。

「おまえ、黒魔術信じてないし、ぜんぜん興味ないって言ってただろ。あれって嘘だったのかよ」

「そこは、あんまり考えないでほしいんだよね」

「指からちょこっと血を出すのも嫌がってたよな」

「人は変わるんだよ。状況によって」

そう言うなり、白石は目をぎらつかせて斬りかかってきた。前触れもなく、気合い充分の掛け声とともに。

俺はあわてて白石の凶刃をかわす。不意打ちだ。白石は人が変わったようにカッと目を見開き、次から次へと剣を繰り出してくる。俺はその暴挙から逃げ惑った。ゲームマシンやオモチャの間を応戦しながら駆け回る。そんなふたりを美咲は黙々と撮影し続けている。

「お、おまえら、やめろよ」緑川がおろおろと制止する。

「ここから脱出するためなんだよっ」白石が叫ぶ。

本当に魔術をコンプリートしたら願いが叶うのか。そして、ここから脱出できるのか。そんな保証はどこにもない。それなのに白石はなり振りかまわず必死になっている。その姿は、まるで魔術に操られているようだ。

そうだ、俺たちはブアウドにひっかき回され、口論し、逃げ回り、戦っている。あらゆる負のエネルギーを発している。それぞれの命がかかっているから。

もしかして、これがブアウドの目的なのか？　やつは俺たちのエネルギーを食っているのか？

タアーッ――そんなことは考えていない白石は、俺を成敗しようと剣を振りかぶって斬りつけてくる。明らかに俺が劣勢だ。必死に祭壇の方に逃げた俺は、転がっていた椅子に足を取られて転倒してしまう。剣が手から離れ、壁に突き刺さった。俺は急いで剣のところに這っていき、柄に手をかけて抜こうとした。

抜けない。悪いことにボードの隙間にしっかりはさまっている。俺は懸命に剣を抜こうと引っ張った。

白石は残忍な顔で追い詰められた俺を見ている。今、襲いかかられたらおしまいだ。だが、ふと自分の足元に目を落とす。そこには俺の赤人形の下に黒い封筒が最初のまま置かれている。俺は白石の手が俺の封筒を拾いあげるのを見た。

「あ、なにすんだよ」俺は駆け寄る。

白石はさっと俺の喉元に剣を突きつける。そして、動けない俺の前で、勝手に俺の封筒を開けて読んでしまう。こいつにだけは知られたくなかった俺の願いを。

「赤城ってさ」白石は信じられないように言う。

「な、なんだよ」

「かわいいんだね」

その顔には人を小バカにした嘲笑が浮かんでいる。

「かわいいキャラしてるんだよなあ。赤城の願いは、『五人のチーム、ファイブカラーズを再結成したい』だってさ」

俺は唇を嚙《か》む。緑川が口を開けて俺を見る。その顔に浮かんでいるのは、思いもよらなかったサプライズをされた表情だ。

そうだ、何が悪い。それが俺の願いだ。

イノシシ動画でバズったのにだんだんフェードアウトして、失敗に終わった俺たちのチャンネル。俺はもう一度それを復活させたい。あのキャラがまったく違う五人、あっちこっち別々のベクトルを向いていた俺たちが、奇跡みたいにまとまっていたあの時代。あの一体感をもう一度体験したいと、本気でそう願った。そう、この狂った儀式が始まるまでは。白石がこんな本性をさらけ出した今はもう、たとえ俺の願いが叶えられてもこいつだけは仲間にするのはゴメンだ。

「だけど、残念だな」白石は冷たい笑みを浮かべる。

「なにが」

「だってさ、俺の願い事が叶うってことは、赤城の願い事は叶わないってことなんだよね」

「おまえの願い事ってなんなんだよ」

「それは言えないな。それを自分の口から言ったら、魔術の効力がなくなっちゃう――そうですよね、美咲さん」

カメラレンズを振り向いた白石の顔を撮影しながら、美咲がうなずく。

「――そうよ。そう書いてあった」

「ね」白石は俺に向き直り、からかい口調で声をあげた。「だから、言えなーい」

いっぱいに開かれたその目は、悪魔のピエロのようだ。人をいたぶり、苦しめることに悦びを覚えている。こいつはサディストだったのか。

「このやろう――」

人の願いは勝手に読んでみんなに聞かせたくせに。俺は怒りをこめて壁に刺さった剣を引っ張った。壁のボードが崩れ、刃が自由になる。俺に戦えというように。俺は白石を睨みつけながらそれを構えた。

どうせこいつの願いはロクでもないことに決まっている。自分のことだけしか考えない人間。この究極の空間で、俺は今まで知らなかった白石のダークサイドを目の当たりにしている。こいつの願いだけは絶対に叶えてはいけない。

俺は剣を振りあげ、襲いかかってくる白石と刃を交える。

カキーン——剣が交差する金属音が響きわたり、俺たちの命をかけた最後の戦いが始まった。

21

青い、青い、青い。濃紺の海の底に、遺跡のような祭壇と人型のシルエットが見えた。そこから青いアブクが鎖のように連なってたちのぼっていく。その泡に導かれるように見あげると、喉が詰まってゴボッと音をたてた。

黒谷はもがきながら起きあがった。目の前にあるのは、ブアウド仮面の祭壇と魔法陣だ。どう見ても今までいた儀式のフロアだが、なぜか異様な青い光で染まっている。深い海に突き落とされた夢は、おそらくこの青が無意識に影響したのだろう。

そういえば、緑川が言っていた。消えたときに儀式の場所にいたと。まったくおんなじなんだけど、光が青っぽくて――。

「ここか……」黒谷はつぶやいた。

おぞましい落下の記憶はまだ頭に残っている。白石に突き落とされたことも。黒谷はしげしげとブルーフロアを見回した。緑川に続いて自分もここにきた。ということは、死んでいないのだ。青山もどこかにいるのかもしれない。そう思ったとき、祭壇と反対側の方でかすかな物音がした。

振り向いた黒谷は、こちらに近づいてくる逆光になった人物を見た。ずんぐりしたシルエット、のっそりした動き――どう見ても青山ではない。

「……だ、誰？」黒谷はかすれた声を出した。

黒谷を覗きこんできたのは、知らない中年男だ。きちんと刈りこんだグレイヘア、人の良さそうな丸っこい顔。黒いコーデュロイのジャケットに地味なチェックのネルシャツを着ている。中年男はにやーりと、黒谷の戸惑いを楽しむように笑った。

「教授だよ。黒谷くん」

「教授？」黒谷は驚いた。「教授って、このブアウドの魔術をやれって言った教授ってことですか？」

「そうだよ、他の誰かとか、あるわけねえだろ」

黒谷はあっけにとられてその顔を見つめた。何がどうしてかわからないが、なんだかイメージがちがう。こんな恐ろしい儀式を他人にやらせるような人物にはとても見えない。そもそも大学教授に見えない。どうして急にここに現れたのか。

「いったいどうなってんだ」黒谷は思わず口走った。

「どうなってんだって、おめえ――」

教授はよっこらしょ、と声を出して魔法陣の上にあぐらをかいた。

「あれだろ？　おめえの願いはさ、量子力学の真実を極めたいってことだろ。俺はつまり、それを叶えてやろうと思って、こうして出てきたってわけだ」

黒谷は唖然とした。この、そのへんのおっさんにしか見えない男が量子力学を解説してくれるというのか。

「さあてと、どっから話そうかなあ」教授はまたにやーりと笑った。

ポケットをゴソゴソ探っているところを見ると、本とかスマホで授業をしようというのか。だが、教授の手が取り出してきたものを見た黒谷はひっくり返りそうになった。

百八十ccのガラスのカップ――コップ酒だ。

「コップ酒ですか」黒谷はうろたえて目を逸らした。「なんか、そんなもん見るの久しぶりだな」

「酒だと？」教授は眉をひそめた。

「え？　日本酒でしょ。だって、ラベルに書いてある」

「あのな、この中に入っている透明の液体が、酒か、そうでないかは、蓋を開けて確認するまではわかんねえ。酒である可能性もあるし、同時に、別の液体である可能性もある」

黒谷はカップの中で揺れる透明な液体を見つめた。

「つまり、ここには相反する二つの事実が、同時に存在するって状態なんだよ」

「シュレーディンガーの猫ですか」

「そういうこった」教授は黒谷に人差し指を向けた。

エルヴィン・シュレーディンガー——オーストリア出身の理論物理学者だ。彼は量子力学の基本であるシュレーディンガー方程式を発見してノーベル物理学賞を受賞した。黒谷はその思考実験を思い出した。

ある箱の中に、毒がランダムに発生する時限装置とともに生きた猫を入れる。観測者は箱を閉じている。このとき、箱の中の猫は生きているか死んでいるか不明である。観測者は箱を開けるまで、猫の生死はわからない。しかし、どう考えても箱の中の結論はひとつである。猫が生きているか死んでいるか、そのどちらかでしかない。猫が生きている状態と死んでいる状態が同時に存在することは、あり得ないのだ。

だが、驚くべきことに、量子力学の世界ではこの二つの事実が同時に存在する可能性がある。箱を開けるまで、猫は生きていると同時に死んでいるのだ。

「このカップの中には」教授はコップ酒をかざす。「酒である液体か、その他の透明な液体かという、二つの可能性が存在するってわけだ」

「微粒子の世界ではそういう事象が成り立ちますが、僕らの住む物理世界ではそれはあり得ません」

「この世界のすべてのものの起点は、微粒子の運動なんだよ」

それはもちろん黒谷も理解している。教授はパカッと金属の蓋を開けると、カップを黒谷の鼻先に近づけた。ツンと酒の匂いが漂ってくる。

「プハッ」黒谷は鼻を鳴らした。「これ、お酒じゃないですか」

「当たりめえだろうが、バカが」

教授はグビッと品のない音を立てて酒を飲んだ。

「ああ、うめえ。やっぱ安い酒はうめえなあ」

「あの、あなたは本当に教授なんですか――」

「ほら」教授は黒谷の口元にカップを突き出す。「おめえも飲んでみろよ」

「や、僕はお酒は――」

「ほら、飲めや」

遠慮が通じる相手ではない。黒谷はしかたなく受けとって鼻を近づけた。だが、今度は匂いがしない。

「あれっ？　水だ」

「シュレーディンガーの猫は、箱の中で、生きていると同時に死んでるわけだ」教授はうなずく。「微粒子の世界じゃ、旧物理学の理論はまったく通用しねえ。今、この空間で起きていることだってそうだ」

この空間――それは人や物が消えたり現れたり、ナイフが刺さっても死ななかったりする世界だ。黒谷が住んでいた現実世界とはちがう。

「量子力学で今、ここで起きていることを理論的に説明できるっていうんですか？」黒谷は勢いこんだ。「この、不条理すぎる世界を？」

「そうだよ。そのために俺がこうやって、おめえの前に出てきたんだろうがよ」

教授はまたグビッとコップ酒を飲み、満足げにフウとため息をついた。どうやら水がまた酒になったようだ。鼻を膨らませているその様子は、悪いがとてもそんなＩＱが高そうな人間には見えない。

「二つの現実が、同時に存在することもある」教授は言った。

「それは、ミクロの世界での現実では？　僕たちはマクロの世界で生きている」

「ミクロの世界とマクロの世界が分断していると思うのか？」

「いえ、それは――」

「そうだよ、つながってんだよ」

そのとおりだ。それに対しては異論はない。

「ミクロの世界の出来事が、マクロの世界につながってこの世界は成り立ってる」

「それは、思考としては理解しているつもりです」

「重要なのは、俺がこれから話すことを、おめえが理解できるかどうかってことだな」

教授は面白そうに笑い、またコップ酒をあおった。

「ああ、安い酒は、この雑味がいいんだよ。何が入ってるかわかったもんじゃねえっていうこの感じがさ。世の中だって、いろんなものが混ざり合って成立してるだろ。一個だけの真実なんてものはありゃしねえや」

黒谷はアインシュタインを思い出す。アルベルト・アインシュタインはドイツ出身の二十世紀最大と評される理論物理学者で、一九二一年にノーベル物理学賞を受賞した。彼は量子力学の、二つの事実が同時に存在するという論理に懐疑的な見解を示し、こんな言葉を残している――『神はサイコロを振らない』。大いなる意志は、結論がどうなるかわからないような状態で何かを起こすようなことはしない、というのだ。

しかし、天才アインシュタインでも判断を誤ることもある。二十世紀に入って量子力学は急速に進展し、とある実験が行われた。

　二重スリット実験――電子ビームの開発によって可能になった、微粒子の性質実験だ。真空状態の中に二重スリットの入った壁を、その背後に一枚の壁を設置し、電子ビームによって微粒子を放射する。すると、二重スリットの穴を通り抜けた微粒子は、その先の壁に二本ではなく、何本もの縦線を描き出すのだ。これは、微粒子が物質ではなく、波の性質を持っているという動かし難い証拠だ。

　そこで、科学者がその実験を特殊な方法で観測しようとしたところ、驚くべきことに、微粒子は波としての性質を放棄し、物質化して、壁に二本の縦線を描いた。微粒子は自分は物質であるという主張をしたわけだ。それなのに、観測をやめるとまた波に戻る。

　これはSFではない、現実だ。つまり、微粒子は〈波の性質〉と〈物質の性質〉の両方を同時に持ち、『観測をする』『しない』という人間の行動によってその性質を決定する。

　猫が箱の中で生きているか死んでいるか、そのどちらかではなく、二つの状態が観測者がその箱を開けるまでは同時に存在するわけだ。物理学者はこの事実を受け入れなければならなくなった。

「なあ、おめえも学者のはしくれなんだろ」教授は黒谷を見る。

「まあ、はい」黒谷はかしこまる。

「人間様っていうのはさ、理論に反した事実を、事実だとわかっていながら意図的にスルーするって欠点もあるよなあ。科学者だってそうだろ？」

「……は、はい、まあ」

「約、百三十八億年前に宇宙が誕生した。そして、四十六億年前に地球が誕生したことになっている」

「はい」

「宇宙空間に地球が生まれて、地球に微生物が生息し、やがては人間の祖先が生まれて、進化があり、現代の人間がある」

「はい」

「そして文明を営んでいる。量子力学の見地に立って、それを考えてみろ。微粒子の運動が延々と繰り返されることによって、宇宙空間にこの世界が成立する確率は……どんくらいだ？」

「えっと――」

黒谷は考えた。頭がくらくらしてくる。

「それは――ええとですね――とても、すぐには割り出せない数字のような」

「四十億分の一」教授は答える。「またはそれ以下」

「よ、四十億分の一？」

「そうだよ」

「四十億分の一、ですか」

「ちゃんと計算してみろ。そうなるから。つまり、この数字はどう表現したらいいかって言うと」教授は息をつく。「人類は奇跡の存在、っていう表現すら的確とは言えねえくれえ、とんでもなく低い数字なんだよ。わかるか」

奇跡以上の低い確率。それはもはや宇宙の気まぐれだ。

「微粒子の運動が不規則に起こり、物質を作り、それから全部、人間が生息するのに都合のいい世界へと変化していった。都合よく、都合よくだ。あらゆることが全部、都合よくできてやがる。おめえが素人じゃなかったら、この意味はわかるだろ」

つまり、こういうことか？　すべては決して偶然ではない。

「ホーキングも言ってたぜ。宇宙は人間にとって都合が良すぎるってな」

「だ、だから？――この世界が存在してる理由は？」

教授は黒谷をじっと見つめた。もはやそこらのおっさんには見えない、その真剣な顔がゆっくりと迫ってくる。

「誰かが」教授は言った。「作ってる」

「誰かが――作ってる？」黒谷は茫然と繰り返す。

これが量子物理学の教授の言うことか。いったい誰が。まるで聖書の言葉だ。

「それは、つまり、か、神ですか？」

「神？　ちがうな」教授はあっさり否定した。「神が存在するとしてだ——こんなデタラメなことをやると思うか？　俺が思うに、こんなアホらしいことができるのは、神様じゃねえな」

「じゃ、誰が？」

「どこかの——誰かだよ。だからこんないい加減なことが次々と起こりやがるんだよ。誰かが、遊んでるんだ。まるでコンピューターゲームを作ってるみてえにな」

黒谷の頭にバーチャルリアリティやディープフェイクの映像が浮かんだ。データ量が多くなったコンピューターグラフィックはリアルと見分けがつかないほどだ。それがもっともっとデータ量が多くなっていったら——。

「この世界は、ゲームなんだよ。ゲームの中といっしょなんだ」

教授は面白そうにそう言うと、首をのけぞらせてコップ酒をあおった。

22

白石はけたたましい奇声をあげ、強者の形相で俺に斬りつけてくる。予想以上に強い。戦いで勝つか負けるかはテクニックだけでなく、マインドにもかかっている。白石は仲間と戦うことに関して躊躇《ちゅうちょ》ゼロだ。

対する俺は、まだどこか迷いが残っている。優しさとか正義とかそんなもんじゃない。ただ仲間を殺したくないだけだ。その差が俺の攻撃を鈍らせ、劣勢にする。

白石の乱舞のような攻撃に押され、俺は廊下へと逃げていく。白石は嬉々として追いかけてくる。倉庫に逃げこんだ俺は転がっていたヌイグルミに足を取られた。

キエーッ——白石は倒れた俺に向かって、ここぞとばかりに剣を振り下ろす。

俺は間一髪でよけ、落ちていたオモチャのロボットを投げつける。ロボットの足が目元に当たり、白石が怯《ひる》む。その隙に俺は傍らをすり抜け、また廊下に逃げ出していく。

そんな俺たちの命懸けの戦いを、美咲はボクシングのレフェリーみたいに身をかわしながら撮影している。しばらく走って振り向くと、白石がプレデターのように怖い顔で部屋から出てくるのが見えた。

白石の闘志は弱まらない。俺は息を切らしながら、体勢を立て直すために儀式のフロアに戻っていく。ドアの内側で剣を振りかぶって待ち伏せする。白石が気づかずに入ってきた。

今だ、やれ——。

だが、俺の手は剣を振り下ろせない。

白石が振り返り、逆転のチャンスを逃したヘタレな俺を見つける。その口元が残酷そうににやりと歪む。やはり不意打ちをくらわすべきだった。白石は一ミクロンの迷いもなく、まっすぐに俺に襲いかかってくる。再び、魔法陣の円の中で二本の剣が激しくぶつかりあった。

そのとき、天井の方から激しい破壊音が響いた。刃を交えた俺と白石の間に、中空からひとりの人間が転がり落ちてくる。

わああ——魔法陣に尻もちをつき、メガネの顔が痛そうに歪む。

「あ、青山——」俺は絶句した。

生きている。青山は夢から覚めたばかりのような顔でフロアを見回す。

「あ……戻ってきた……」

いったいどこに行って何をしていたのか。どうして戻ることができたのか。なぜ中継の呼びかけに答えなかったのか。俺も白石も呆然として剣を下ろす。

「な、なにしてんの？」青山は剣を持った俺たちを不思議そうに見る。

「青山——願いは叶った？」白石はそれに答えずに訊く。「風花ちゃんには会えたのか？」

それを聞いた青山の顔が幸せそうに赤くなり、青くなる。

「なんで知ってんの？」

それは黒谷が勝手に願い事の封筒を開けたからです——つい自分も読んでしまった俺にそんなことは言えない。

「会えたんだ」俺は言う。答えはもう青山の顔に書いてある。

「うん」青山の口元が抑えがたくほころぶ。「会ったよ——あ、そうだ」

青山はいそいそと立ちあがり、ポケットを探って何か四角いものを取り出す。チェキの写真だ。この異様な状況下でなんちゅう能天気なやつだ。

「見て、これ見てよ」

青山は興奮を共有するようにそれを俺に差し出してくる。風花とラブラブのチェキかよ……と思いながら受け取った俺は、思わず二度見する。

「誰だよ、これ」

「え、風花ちゃんじゃん、風花ちゃん」青山ははしゃいでいる。

どこが風花ちゃんだ。そこに写っているのは、見たこともないグレイヘアのおっさんだ。青山は幸せいっぱいでそのおっさんとほっぺたをくっつけている。赤いペンで書かれているのは——『ありがとう　青山くん　大好き♡』

俺は黙って写真を青山に差し戻す。

「なんだ、これ」青山は気絶しそうになった。「なにこれ、え、は？　なになにこれ」

この中年男を風花ちゃんとまちがえるとは、幻覚にも程がある。青山はたちまちパニック状態に陥ってわめき出す。

「え、これ——」どれどれと写真を覗きこんだ白石が驚く。「教授だよ」

「教授？」俺はあっけにとられる。「そのおっさんが教授なのかよ」

「そうだよ」

俺が想像していた教授のイメージとぜんぜんちがう。知性派というよりは人情派、居酒屋で知らない人の悩みを朝まで聞いてやりそうなタイプの中年男だ。俺たちの会話を聞きつけた美咲も近づいてきて、写真をのぞく。

「教授だわ」

「なんでだよ」青山はお宝がゴミクズに変わったように悔しがって身をよじる。「僕は風花ちゃんとチェキ撮ったのに、なんで、風花ちゃんがこんなおっさんに、なんで、なんでなの、もうっ」

「この人が教授？」俺はまだ信じられない。「このイベントを企画した？」

「そうよ」美咲はうなずく。「でも、なんでここに写ってるの？」

それまで傍観していた緑川も寄ってきて、人生終わったとばかりに泣きわめいている青山の手から写真をもぎ取る。

「あれ？」緑川が眉をひそめる。「俺、このおっさん知ってる」

そんなバカな。俺だって知らないのに、緑川が教授に会ったことがあるはずはない。このイベントには俺に誘われて参加したのではなかったのか。

「や、この人、教授なんかじゃないぞ。たしか……」緑川は目をつぶる。「どこで会ったっけなあ、えっと」

みんなが緑川の眉間のシワにじっと注目する。

「あ、思い出した」緑川は目を開ける。「ちょっと前に、うちの近くで下水の工事やってたおっさんだよ。頭に手拭《てぬぐ》い巻いててさ、今どきこんなんやる人いるんだって思ったんだよ。絶対そうだ」

全員がフリーズする。建設作業員のおっさんと大学教授？　どう考えてもそれは別人だ――普通の状況ならば。

「僕さあ、風花ちゃんといっしょに歌って、踊ったんだよ」青山は緑川から写真を取り戻し、涙目でみんなに訴える。「チェキも撮ったんだよ。なのに、なんですか、このおっさんはっ」

「だから教授だろ」白石が修正する。「俺が会ったのはその教授だよ」

「いやだから、これ工事現場のおっさんだって」緑川は言い張る。

「そんなのは似てるってだけだろ。だって俺が会ったのは、その人だもん」

白石と緑川が言い合いになり、その間も青山は泣きわめいている。さっきまでのシビアな戦いとは別レベルの阿鼻叫喚だ。

「ちょ、待て待て待て」俺はみんなを制止する。「なんで、教授が工事現場のおっさんで、青山が会ったのは風花ちゃんなのに写真は教授なんだ？　よくわかんなくなってきたぞ」

「その人は教授」美咲は断言する。「まちがいない」

「だけどさ――」俺は納得できない。

できるはずない。この儀式では全部なにもかもめちゃくちゃだ。それがはっきりしただけだ。

「もういいよっ」白石が叫ぶ。「どうだっていいだろそんな話。どいてくれよっ」

まずい。戦いのことは忘れていなかったのか。できれば一生忘れてて欲しかったが。また目つきが悪くなった白石の手が剣を握り直し、切先を俺に向ける。

「だから、二人とも何してんの？」青山が思い出したように訊く。

「白石が変なんだよ」俺は訴える。

「ちっとも変じゃないだろっ」

そう言うなり、白石はいきなり剣を振りあげて俺に襲いかかってきた。

わああっ――青山が悲鳴をあげて逃げだし、カメラを構えた美咲と激突する。カメラが床に落ちる音が響く。俺はかろうじて白石の剣を剣で払った。

白石がバランスを崩して転がる。屈辱にうつむいて剣を拾いあげる白石の呟きが俺の耳に届く。

「逃げちゃダメだ。逃げちゃダメだ。魔術を次に進めないと、俺たちはずっとここに閉じこめられたままなんだよ――」

まるで怨念《おんねん》のようだ。白石はすぐにまた立ちあがり、闘志をみなぎらせて俺と対峙する。

「願い事も叶わなくなっちゃうだろっ」白石は叫ぶ。

白石の願い事――それはなんなのか。その強い執着に俺は嫌な予感がする。

「白石」俺は静かに尋ねる。「おまえ、教授とどんな話したんだよ」

「忘れた」白石はしれっと言う。

傍では落ちたカメラを美咲が点検している。どうやらどこかが壊れたようだ。だが、まだ撮影はできると判断したらしく、また俺たちにレンズを向けてくる。

「魔術なんてぜんぜん興味ないって、言ってたよな」俺は詰め寄る。「ほんとはおまえ、いちばんこの魔術を本気にしてんだろ」

白石はもう否定も誤魔化しもしない。ふてぶてしい顔で俺を睨んでいる。

「自分の願いを叶えようって、本気で考えていたんだろ？　五人必要だってことも、最初っからわかってたんだ。そんで俺がみんなを集めるだろってことも予測してたんだよな。自分が参加することになるの、わかってたんだ。そうだろ？　そうだよな」

白石にとって俺は利用しやすい友だちだった。うまく誘いをかければ思い通りに動くバカなやつ。そこには友情のカケラもない。こんな男は剣でぶった斬っても構わないような気がする。

「答えろよ、白石っ」俺は声を張りあげる。

うおおっ——白石は答えの代わりに剣を振りあげて渾身の力で俺に向かってくる。

俺はその攻撃をなんとか避けながら、白石の半端じゃない執念を感じている。この魔術と出会ったとき、願いが叶えられると知ったときに、一生に一度のチャンスだと思った白石。そのために着々と俺たちをだまし続けた白石。

その白石の願いとはいったいなんなのだろう。

23

この世界はゲーム——黒谷には正直言ってそんな実感はなかった。しかし今、自分はとんでもないことを実体験している。この異様な空間では、今まで観念でしかなかった量子力学がリアルなものとして迫ってきていた。

とてつもない情報量とプログラムの量、ありえないくらいの緻密さ。一瞬、その膨大なイメージに黒谷は押しつぶされそうになる。はたして世界は途方もない規模のゲーム空間のようなものなのだろうか。

「誰かが、遊んでるんだ」教授は他人ごとのように言った。「まるでコンピューターゲームを作ってるみてえにな」

遊んでいる——黒谷はその言葉を自分に落としこむ。つまり、自分たちは遊ばれている。

「だからこんなに、奇妙なんだよ」

もし、公明正大で調和的な誰かが真面目にゲームを作ったら、こんな地球にはなっていなかっただろう。今も世界には紛争があり、病気がはびこり、自然災害はどんどんひどくなっている。金がすべてをコントロールし、貧富の差は広がっていくばかり。まるで狂った存在が作ったようなゲームだ。宇宙の平和はいったいどこにあるのか。

教授はまたうまそうにコップ酒をグビリとやった。その目つきは世間を達観した仙人のようだ。

「ゲームってのは、プレイ中に大量のデータを処理しなくちゃなんねえ。だから、プレイヤーが行かねえって選択をした場所は作らねえようにできてるだろ」

「そうですね」黒谷はうなずく。

「プレイヤーが次の行動を選択して進もうとすると、その世界だけがコンピューターの中に再現されるってわけだ」

「はい」

「俺たちの、この世界もそうやってできている」

そんな、そんなことがあるのか——黒谷は理解しようと努めた。

ゲームの世界では、プレイヤーの行動を膨大なデータ処理で視覚化している。プレイヤーが移動するフィールドを選択すると、それを視覚化するためのデータ処理がなされる。

例えば、主人公が城を素通りしていくことを選択し、次のフィールドに進むとする。すると、次のフィールドはそれに従って視覚化されるが、城の中はされない。プレイヤーが城に入ると選択した瞬間に、城の中が即座に視覚化されるのだ。こうすることによって複雑で膨大なデータは処理されていく。

「だから、宇宙は無限でいられるんだよ」教授は楽しそうに言った。「人間がいかねえところには、何にもねえんだからな」

「ゲームの世界は確かにそうですが、現実の世界が似たような仕組みになっているなんて、そんなの——トンデモ理論じゃないんですか」

「四十億分の一だぞ」

「だけど――」

「人間が観測しようとする場所が、その時に形成されていく。コンピューターゲームといっしょなんだよ。そう考えることで、四十億分の一の謎が全部解けるんだ。つまり――」

「つまり？」

「ここには多少の飛躍がある。量子力学の世界で証明されたわけじゃねえ。だが、この理論を受け入れると、すべての事象が理解できる」

教授はじっと黒谷を見つめた。彼のキャパシティを見極めるように。

「この世界は、微粒子に投影されたホログラムってことさ」

「ホログラム？」

「そうだよ、ホログラムなんだよ。仮想現実の世界なんだよ。だから、四十億分の一の確率の状況が生まれてるってわけさ」

黒谷は絶句した。映画の『マトリックス』を思い出したが、あれは今まで経験してきた世界が実は仮想現実で、本当の現実は機械が支配する世界だったという、あくまでもSFだった。だが、哲学の世界には、この世界はシミュレーションによって生成されたものではないかという仮説が昔からあった。

「信じられねえか」教授は面白そうに言った。

「――あまりにも、大胆な話なので」

「今日、この時間、この場所を、運営者はブアウド魔術をやる遊び場に設定した。ここでは、何でも起こせるって設定にしている」

「運営者って――？」

「それが何者なのかは、俺にもわからねえ。大いなる意志なのか、気まぐれな神なのか、ただのどこかのゲーム好きのクソガキなのか」

「ゲーム好きのクソガキ？　そんな可能性まで？」

「あるだろうな」教授は平然と言った。

そのクソガキはどうやってこの場を作れるのだろう、と黒谷は思った。もしそれが人間なら、とんでもない超能力者でしかあり得ない。緑川は、儀式を自分たちにやらせたのはブアウドだ、と言っていた。ならば、ブアウドがプレイヤーなのか？

「量子力学を極めたいってのが、おまえの願いなんだろ？」

「――ですけど」

「仕方ねえなあ。おまえにひとつ、このイベントの裏にある秘密を教えてやろうじゃねえか」

「なんですか」黒谷は身を乗り出した。

教授は空のカップを置くと、おいでおいでをした。黒谷が戸惑っていると、女を口説き落とそうとするオヤジのようににじり寄ってくる。黒谷の耳元に教授の口が近づいてきた。

「あのなあ……」

教授は酒臭い息と共に耳打ちした。短く、衝撃的な秘密を。黒谷は思わず、えっ、と声をあげた。

信じられない。驚いて教授を振り向いた黒谷は、もっと驚いて腰を抜かしそうになった。

黒谷を見つめて微笑んでいるのは、つやつやの美少女だ。白いフリルのミニドレスを着ている。熊澤風花——青山のイチ推し。カップの酒が水に変わってまた酒になったように、人間まで一瞬にして入れ替わってしまうとは。キラキラのオーラを放つアイドルは、地味で保護色をまとったような教授ととても同じ人間とは思えなかった。

いったい教授はどこに消えたのか。

いきなり、ブルーのフロアが眩いパステルカラーに変わった。どこからともなく細かい星が光りながら降り始め、目がくらんだ黒谷は手をかざす。指の間からきらびやかなステージが見えた。頭のリボンをひらめかせて風花が子鹿のようにぴょんぴょんステージに駆けあがっていく。

ノリのいい音楽が響き、風花はキュートな体をくねらせて踊り出した。両サイドにはいつの間にか白岡今日花と里仲菜月もいる。黒谷は度肝を抜かれて踊るアイドルたちを見つめた。こんなものは見たことがない。そう思った瞬間、くるりと回った風花の姿が教授に変身した。

教授がノリノリで踊っている。かわいらしく口をすぼめ、手振りをつけて、完璧にステップを踏んで。アイドルたちに挟まれたその姿は、とても量子物理学の教授になんか見えない。このシュールな光景を前にして、黒谷の頭の中はめちゃくちゃになった。

ここは、このゲームは、何でもありのでたらめ設定だ。

迷わずに　飛び乗れ　ビッグウェーブ
どうせならでっかい　旅をしないか
灼熱の風を切る
僕らの最強のヴァイブスで
空まわる気持ち　蹴り飛ばそう

風花が教授の後ろからまた出現した。四人そろって一列に並んで踊り出す。教授のダンスはありえないほどうまく、娘ほど年の離れたアイドルたちとぴったりとシンクロしている。黒谷はみごとな四人の踊りに圧倒され、だんだん楽しくなってきた。今までアイドルの世界などまったく興味がなかったし、むしろバカにしていた。あんなものは虚飾だと。だが、今は青山の気持ちがちょっとわかる。

虚飾の何が悪い。どんな現実が構築されても、あるレベルではすべては素粒子だ。もし、教授が言ったようにゲームの中にいるとしたら。自分は今、この光景を見るか見ないか選択できるのだろうか。それとも、わけのわからないプレイヤーに弄ばれているだけなのか。緑川が言ったように、そいつはブアウドなのか。

そのとき、音楽がぴたりと止まった。アイドルたちは魔法の時間が切れたように消え、ステージの上では教授が一人、フィニッシュのポーズで止まっている。孤独なダンサーさながらスポットライトを見あげて。黒谷はもう少しで拍手をするところだった。

だが、次の瞬間、ライトもステージも夢のようにかき消えた。元の陰気なブルーの部屋に戻った教授は、ポーズを解いて黒谷に向き直った。口元は笑っている。また量子力学の授業が続くのだろうか、と思ったら、ずんずんと近づいてきた。その目には今まで見たこともない凶暴な光が宿っている。

「な、なに――」黒谷は身の危険を感じて後ずさった。

いきなり、教授は黒谷に向かって突進してきた。喉の奥から動物的なうなりをあげて、イノシシのように。

逃げる間はなかった。アドレナリンで目をギラギラさせた教授は黒谷の襟首《えりくび》をむんずとつかむ。そして、とんでもない力で、柔道の背負い投げのように投げ飛ばした。

「とりゃあああ」

とても量子物理学の教授の得意技とは思えない。黒谷は悲鳴をあげながら飛んでいった。体が物理的にありえない角度で、人生でいちばん行きたくない方向へカーブしていく。

そこは、あのおぞましい吹き抜けだ。地獄のブラックホールは黒谷を飲みこもうと待ち構えている。高所恐怖症の男はまたしても奈落《ならく》の底へと落下していった。

24

どんなに戦いたくなくても、戦うしかない。俺は白石の剣を剣で受け、怒りの力でなぎはらう。何度も、何度も、何度も。白石の息がだんだんあがってくる。あきらめろ、と俺は念じる。おまえの願い事なんか叶わなくてもいい。こんなふうに俺たちが戦うのはまちがっている。

だが、白石はもう狂っている。頭のもつれた配線を直してやることはできない。だから俺は大きな矛盾の中で戦う。白石を止めるために。

「そろそろ、終わりにしよっか」汗だくの白石がにやりとする。

まだ自分は大丈夫だと見せつけるように、シュッシュッと大きく剣を振る。こいつは俺を殺すまでやめない。このまま死ぬまで続けるしかないのか。疲労した俺の足のコントロールが利かなくなり、よろりとふらつく。

白石はその隙を見逃さなかった。勝利を確信した顔で、剣を振りかぶって襲いかかってくる。

俺は必死に剣を出して受ける。だが、ぐいぐいと押されて白石の刃は顔の前に迫ってくる。もうダメか――。

そのとき、頭上から轟音が響いた。聞き覚えのある破壊音。同時に空間に赤い光が走る。白石が反射的に後ろに飛びすさったとたん、またしても宙から人間が転がり落ちてきた。

「黒谷……？」俺はかすれた声を出す。

黒谷は肩で息をしながら、感慨深げにフロアを見回す。俺たちの死闘はまたしても中断された。いや、黒谷が俺の危機を救ってくれたのか。

「――戻ってきた」黒谷は安堵の息を吐く。「俺は高所恐怖症だってのに、あのおっさん俺を放り投げやがった……死ぬかと思った」

おっさん？　それは、まさか教授なのか？　この謎のキーパーソンに黒谷は会ってきたのか？

「おまえもだよな、白石」黒谷は起きあがって白石を睨む。

「誰かが飛ばなきゃならなかっただろ」白石は平然とのたまう。

「おまえ、俺のこと出し抜きやがって。二回もだぞ」

「魔術をコンプリートして、みんなここから脱出するんだよっ」

その言い方は、まるで白石がみんなのために黒谷を闇に突き落としたかのようだ。

「いいことばっか言ってんなよ」俺は声を荒らげる。「黒谷、こいつは魔術を信じてないフリしてたけど、ほんとはいちばん信じていたんだよ」

「魔術を信じないやつなんて、バカなんだよ」白石は罵りを爆発させる。「信じないやつは信じないでいればいい、俺は、信じてる。だから、この魔術も——」

青山は白石の演説に耳を貸さず、啞然としている黒谷にチェキの写真を見せる。

「黒谷くん、この人に会ったの？」

俺もその答えが聞きたい。このおっさんはいったい何者なのか。

「ああ、会ったのはこのおっさんだ」黒谷は確認する。

「だからさ、この人が教授とかありえんて」緑川が言う。

「教授よ」美咲は撮影しながら断言する。「まちがいないって」

「教授じゃない」黒谷が声をあげる。

え？　とみんなが不審な顔で黒谷を見る。

「本当はちがう。自分でそう言った」黒谷はみんなを見回す。「俺に教えてくれた」

「そんなわけないだろ」白石が口走る。「俺は、その教授から魔術をやれって言われたんだ。おまえの願いは、この魔術をやれば絶対に叶うって」

全員が一斉に白石を見る。ついに犯行をゲロした犯罪者を見るように。まあすでにカミングアウトしているが、この男は最初の最初から計画通りに魔術を進めてきたのだ。

「な、なんだよ――」みんなの冷たい視線を浴びた白石がたじろぐ。

「白石、おまえってサイテーのやつだな」黒谷が言う。「正真正銘のクズだ」

「魔術を最後までやり遂げて、ここから脱出するんだよっ」白石は声をあげる。

「待てって言ってんだよ。その前に、とにかく話を整理しようぜ」

黒谷の言葉に俺と青山はうなずく。このおっさんは教授なのかそうでないのか、そこが問題だ。

「で、黒谷」俺は訊く。「このおっさんは教授じゃない？」

「ちがう」黒谷はきっぱり言う。「教授は別にいる。この人は教授のフリをして、白石を丸めこんで黒魔術をやらせた。つまり、本当の教授に雇われた人だってことだ」

「嘘だ」白石は信じようとしない。

「嘘じゃない」黒谷は言ってやる。

「じゃ、教授は、どこの誰なんだよ」俺は尋ねる。「なんでこの人にわざわざ頼まなきゃならなかったんだよ」

それでは、緑川が見たという工事現場のおっさんは同一人物なのか？　本物の教授にスカウトされたということか？

「教授は――」黒谷はおもむろに言う。「ここにいる」

俺は絶句する。なにを言い出すのか。落下のショックで頭がおかしくなったのか。

ここにいるのは俺たち五人と――。

「あなただ」黒谷は右腕をぐいっと伸ばして美咲を指さした。「あなたが教授だ。あなたが、このイベントを計画した張本人だ」

まるで名探偵の犯人暴露シーンだ。まさか――俺と青山と白石は啞然として美咲を振り向く。

この女が教授？　たしかに魔術の知識はあったし、ブアウドの仮面を持っていた。

しかし、なんのために教授であることを隠す必要があったのか。

「ちょ、ちょっと待てよ」緑川が口を挟む。

「なんだよ」黒谷が振り向く。

「未解決事件考察系は俺なんだよ。なんか、俺の役割を取られた気分だぞ」

「細かいこと気にするなって」

納得いかないなあ、とブツブツ文句をたれる緑川にかまわず、黒谷は美咲に対峙する。美咲は動揺しながらも、そんな黒谷を正面から撮り続けている。

「とにかく、アフリカ文化の研究をしている大学教授は、あなただ。犯人はあなただ」

美咲はふてぶてしいとも言える態度で無言を貫いている。

「あなたは外部と連絡なんかとっていなかった」黒谷は続ける。「それは、その必要なんかないからでしょ。だって、あなたが教授なんだから」

俺は表情を消した美咲をしげしげと見る。最初から演技をしていたのは、白石だけではなかったのだ。

「あなたは第三者、傍観者としてこのイベントに参加して、記録を残したかった」黒谷は指摘する。「だから、ドキュメンタリー作家だとか言って、ここに参加したんだ」

「じゃあ――」俺は訊く。「あんたがこの魔術をアフリカから持ってきた?」

それならばすべて辻褄《つじつま》があう。俺たちの束になった視線に押され、美咲は後ずさっていく。その顔にあきらめとも居直りともつかない表情がよぎった。

「そう」美咲はついに答える。「わたしが持ってきた」

やっと認めたか。俺は今までの美咲の態度を思い出す。初めから妙に協力的で、トラブルが起きるたびに魔術を進めるしかないとうながした。俺たちはすぐそばにいる教授の手のひらで踊らされていたのだ。

「だけど、それがどうしたの？」美咲は俺たちを見回す。「黒谷くんの言うとおり、わたしは傍観者になりたかった。だから、教授の役は他の人に頼んだ。何年前だっけ、わたしはアフリカの未知の部族に遭遇して、話をたどっていくうちにこの魔術の存在を知った。すごくリアリティを感じて、どうしても試してみたくなった」

「じゃ」白石が小走りに前に出る。「この魔術って本物なんですよね？」

白石の興味はそこだけだ。自分がだまされていたことは気にしてないようだ。

「偽物のわけない」美咲は答える。

「よかったぁ」白石は安堵のため息を吐く。

それならなぜ、美咲は最初から本当のことを話してくれなかったのか。傍観者でいたかった？　俺はまだ釈然としない。

「……風花ちゃん」青山がつぶやく。「風花ちゃんに会えた」

確かに青山の願いは叶えられた。その証拠写真はおっさんになってしまったが。数々の怪奇現象からして、魔術は本物であることはまちがいない。

と、黒谷が思いがけないことを言い出した。

「風花ちゃんには俺も会ったよ」

「えーっ、僕だけじゃない？」青山はみるみるうちにしぼんでいく。「ちょっとショック」

黒谷はなぜ自分の願い事と関係ないアイドルに会ったのだろう。ブアウドは俺たちの願いをミックスして遊んでいるのか。

「あなたたちを何が起こるかわからない魔術の世界に放り込むのは、無責任だと思ったから」美咲は言い訳をする。「だから、わたしも参加した」

「そんで俺たちはこんなことになってるのかよ」

俺はまだ納得がいかない。もしかして美咲はまだ何か隠しているのではないか。

「もういいだろ」白石が言う。「とにかく、魔術はホンモノで、俺たちは願いが叶う方向に向かってるってことだろ」

「白石、おまえ、いったいどんな願い事書いたんだよ」俺は訊く。「何を実現させようとしてるんだ」

この白石の熱意は尋常ではない。青山が思いついたように魔法陣を振り向き、何かを拾いあげる。それは、白人形の下に置いてあった願い事の封筒だ。

「おい、なにすんだよ」白石が声をあげる。

「だって、白石くんだって僕のやつ見たんでしょ」青山は中を開けようとする。

「やめろよっ」白石はあわてて青山に向かって行こうとする。

俺はすかさずその喉に剣を突きつける。白石はたじろいで足を止め、その隙に青山はさっさと封筒を開けて白い便箋に書かれた願い事を読んでしまう。

「……なんだ、これ」青山の顔色が変わる。

「読めよ」俺はうながす。

「『世界の、トップに立って、みんなを、奴隷《どれい》にする』――？」

フロアが静まり返る。全員、あまりのことに言葉を失う。白石はうつむいている。さすがに恥じ入っているのか……と思えば肩を震わせて笑いをこらえていた。信じられない。なんと単純で、オーソドックスで、自己中心的な願い事だろう。五歳の子供だってもう少しマシなお願いをする。

「俺たちを……奴隷にするってか？」俺は呆れる。

「ちがうっ」白石は爬虫類じみた顔でみんなを見回す。「みんなだよ。この世界の全員だよっ」

俺はめまいがする。八十億人の奴隷。ムカデの毒が脳に回ったのか？

「世界征服かよ」緑川が白けた声を出す。

「真剣に考えてそれ？」青山も信じられない顔だ。

「ある意味、尊敬できるキャラクターかもな」黒谷もつぶやく。

「真剣に決まってるだろっ」白石はめげない。「だから、俺の願いと赤城の願いは同時に叶うことはない」

ファイブカラーズを再結成したい――俺の願いは、白石の邪悪で壮大な願望に比べたらなんと慎ましく平和的なことか。

「大事なこと忘れてないか？」白石の手がまた剣を握り直す。「赤城と俺は、戦わないといけないんだよ」

ここに至ってまだ続ける気なのか。その目に宿る光は、かつて世界征服をしようとした独裁者たちと同じだ。

「そうしないと、魔術をコンプリートできないし、誰もここから脱出することはできない」白石は美咲に尋ねる。「そうですよね、美咲さん」

「……そうね」美咲はうなずく。「そのとおりよ」

「心配ない、みんな戻ってきたんだ」白石は俺を向く。「赤城、斬られても死ぬわけじゃないって、はっきりしたんだ。だから、安心して俺に斬られてくれ」

「おまえの世界征服のために、か」

「ああ」

俺は白石の傲慢な顔を睨みつける。もし魔術がコンプリートされてこの男の願いが叶ってしまったら。しかも、その責任の一端は儀式を始めた俺にもあるときている。

「だけど、白石くん」美咲は忠告する。「願いを叶えたときの見返りを受ける覚悟はあるの？　そんな大きな願いが叶ったら、きっとすごく大きな代償も――」

「夢が叶うんだったら、何があったって構わないっ」白石は大声で宣言する。

「白石、おまえ本気で言ってんのか？」

悪夢だ。美咲はその狂気の表情を正面から撮り続ける。アイパッドには雪崩《なだれ》のようにコメントが溢れている。それに目を走らせた俺はその画面にノイズが入るのに気づいた。やはりさっき落としたときにカメラが壊れたらしい。

「なあ、白石」緑川が訊く。「おまえさ、ずっと魔術を信じてないのって、あれって演技だった？」

「そうだよ」白石はけろりと答える。

「すごっ」青山が感嘆する。

「だから、目に見えないものを信じないやつらはバカなんだって、さっきから言ってるだろっ」白石は黒谷を見る。「そういえば、黒谷の願いはどうなったんだよ？」

「ひとつの理論は習得した」黒谷は答える。「だけど、それが真理かどうかは確信がない」

どうやら量子力学を極めたいという黒谷の願いは叶ったらしい。

「ぜひ、聞いてみたいな」美咲が興味深そうに言う。「あとでいいから」

「あなたが頼んだ偽物教授から聞いた話ですよ」黒谷がシニカルな目つきで美咲を見る。

「ね、僕が会えたのは、風花ちゃんじゃなくてこのおっさんだったってこと？」青山がまた騒ぎ出す。「嘘だ、嘘だ」

「今、悩むのはそこじゃねーだろ」緑川が突っこむ。

「青山が会ったのは、風花ちゃんだよ」黒谷はなだめる。「それはまちがいない。ここはそういう世界なんだよ。願望が実体化する」

そういう世界——俺の剣の重みが少し軽くなり、体に力がみなぎったような気がする。白石の願いを阻止したいという俺の願望も叶うのか。

「……ゲームの世界じゃん」青山が言う。

「そうかもな」黒谷はうなずく。

ゲームの世界——人や物が消えたり現れたり、死んだと思っても死んでいなかったり。確かにそのとおりだ。つまり、俺たちは登場人物で、ゲームオーバするとどこかに消えていくということだ。そして、リセットされてまた戻ってくる。

このフロアは今、通常の現実とはちがう特殊な空間になっている。ブアウドの魔術によって。その異世界は俺たち五人が魔法陣を囲んで呪文を唱えたあの瞬間に開いたのだ。

「おいっ、よく聞け、奴隷どもっ」

突然、白石が狂った王様のような叫びをあげた。玉座から見下ろすように俺たちを眺める。

「まだ誰も奴隷になってねえだろ」緑川が言い返す。

「聞けって言ってんだよ」白石は動じない。「最後の指令をやりとげなければ黒魔術を終わらせることはできない。俺と赤城の戦いを誰も邪魔しちゃダメだ。ここから脱出したかったら、黙って見てるんだ。わかったなっ」

そう言うと、白石は剣をビュンビュン振り回し、頭上に構えてぴたりと止めた。その視線は俺にフィックスされている。

「完全な奴隷扱いじゃん」青山が囁く。

「もう願いが叶ったつもりでいるんだな」黒谷もつぶやく。

こんな単純な人間が、もしまちがって世界征服なんかしたら、地球は完全におしまいだ。

「他に方法はないのかよ？　戦う他に。美咲さん――」

俺は剣を構えて白石と対峙しながら、撮影している美咲に向かって叫ぶ。こんな恐ろしい魔術を日本に持ちこんだ張本人である教授に。これほどいかれた人間にブアウド魔術をやらせるとは。白石の破壊的人格を見抜けなかったのか。

「ない」美咲はすげなく答える。「ブアウドの指令は絶対」

「ざけんなよっ」

この教授も狂っている。ふたりとも魔術の力に囚われているのだ。

いきなり、白石がけたたましい奇声をあげながら斬りかかってくる。俺はもうたじろがない。迷いを吹っ切って仲間だった男に応戦する。

ここで絶対に止めなくてはならない。俺は勇者でもなんでもないけれど、この世界を狂った征服から守るためならなんでもする。

戦え、戦え。奴隷にされないために――。

ふたりの凄《すさ》まじい気合いと、剣がぶつかる金属音が響き渡る。白石と激しく剣を交える俺をみんなが固唾をのんで見守る。負けられない。俺が負けたらみんなが奴隷になる。俺はさっきより自分が強くなっているのを感じる。そして、渾身の力を振り絞って白石の剣を振り払った。体の中心から突きあげる怒りをこめて。

白石があっと叫び、その手から剣が飛ぶ。それは魔法陣の中心にぐさりと突き刺さった。

「ちくしょう――」

腰を落とした白石は、必死に刺さった剣の方に行こうと這い出す。俺はすばやくその前に立ち塞がった。首元に剣を突きつけられ、白石が釘付けされたように止まる。

勝負はついた。

「覚悟しろよ」

ひきつった汗だくの顔が俺を見あげる。その目は恐怖で血走っている。

「お願い、助けてくれっ」

いきなり、白石の顔がくしゃくしゃになる。白石は涙を浮かべながら、両手を合わせて俺を拝んだ。

「ざけんな、おまえさっきまで俺のこと斬り殺そうとしてたろっ」

「ごめん、お願い、助けて」白石は床にひれ伏して土下座する。「ごめん、ごめんごめん、ほんとにごめんっ」

「なんだよ、おまえ、そのパターンみたいなのっ」

醜い。全員が白石の豹変ぶりを見て顔を歪めている。

「心からごめんって」白石は両手を合わせて泣きながら突っ伏す。「許して、心入れ替えるから。ほんとにごめんなさいっ」

俺は床に額をすりつけて完全に無防備になった白石を見下ろす。金髪がモップのように広がり、首の付け根がむき出しになっている。あとひと振りですべてが終わる。ここから脱出できる。奴隷にならなくて済む。

「そんなんで許されると思ってんのか――」

俺は剣を握りしめて頭上に振りあげた。

わあああっ――叫びとともに剣を思い切り振り下ろす。邪悪な願望に向かって、それを打ち崩すために。

だが、刃は白石の首の上すれすれで止まる。止まってしまう。

俺にはできない。俺にはこいつは斬れない。たとえ愚かで、病的な嘘つきで、狂った願望に取り憑《つ》かれていても。

ぶるぶる震えてうずくまっていた白石が、自分が死んでいないことに気づく。赤い目がそろりと俺を見あげる。俺はその戸惑いから顔をそむけ、ゆっくりと剣を下ろす。

これで終わりだ。こんなことは耐えられない。俺は己れの限界を知り、最後の一線を踏み越えないことを選んだ。死にかけた白石は敗北を悟り、もう無益な争いはやめるだろう。この戦いはもう、ケリがついたのだ。

そう思った俺がバカだった。

白石が跳ねるように立ちあがったかと思うと、祭壇のブアウ人形をつかんだ。野獣のような叫び声をあげて無防備な俺の顔を殴りつけてくる。

錆び錆びの釘が俺の目の上にもろに当たった。一瞬、衝撃で何もわからなくなる。俺は剣を取り落とし、額を押さえてうずくまる。裂けた皮膚から生温かいものが噴き出して俺の手を濡らす。

完全無欠の外道だな——黒谷の声が聞こえる。

激痛の中、俺は額をぬぐいながら顔をあげる。鮮血で染まった俺の手の向こうに、白石の不気味な笑い顔が浮かんでいる。その手に持ったブアウ人形には俺の血がついている。白石はそれを置き、落ちている俺の剣に手を伸ばす。

俺を殺すために。

「——あ、光ってる」青山の叫び声があがる。

俺はブアウ人形がうっすらと赤い光を放っているのを見る。あのとき、緑川がルールを破って人形をつかんだときと同じように。だが、白石はそんなことに構わず剣を取る。

今度こそもうおしまいだ。白石は雄叫びをあげ、勝利を確信して俺の上に高々と剣を振りあげる。

そのとき、ブアウ人形から閃光が走った。

轟音とともに、剣に落雷したように白石がのけぞって硬直する。その体を赤い光が走り抜け、剣が床に転がった。

白石は瀕死の獣のように絶叫した。全身の血管が浮かびあがり、緑川のときと同じようにカクカクとコマ送りのような動きを始める。ひしゃげたり、ねじれたり。俺たちにはもうこの光景はお馴染みだ。だが、その時間が今までより妙に長い。まるで罰として拷問《ごうもん》を受けているように。血も凍るような叫びが長々と響き渡る。俺たちは息を詰め、ブアウドになぶられている裏切り者を見つめた。

そして、白石は消えた。風船から空気が抜けるような、シュッという音と共に。

俺たちは呆然と白石の消えた空間を見つめる。訪れた静寂には、だが、どこか安堵が混じっている。これですべて終わったのか。魔術はコンプリートされたのか。

「え？」美咲がカメラを見た。「電源が落ちた」

どういうことだ。俺は自分の胸につけたスマホを確かめる。キューンと微かな音がして真っ暗になった。

「切れた」俺はみんなを見る。

俺も、こっちもだと黒谷、緑川、青山も騒ぎ出す。アイパッドのライブ中継もブラックアウトしている。

「中継が途絶えた」美咲は動揺する。「どうしてカメラが死んだんだろ」

そのとき、フロアに一陣の突風が巻き起こる。体が覚えているあの不気味な強い風が。

建物がうなりをあげてまた振動を始める。以前よりも激しく、大きな発作を起こしたように。祭壇が崩れ、転がったブアウ人形が燃えるように赤く光る。紙や砂埃が舞いあがり、高まる地響きの中で俺たちは恐怖の声をあげて腕で顔を覆う。

ジジジ……電磁波のような音が聞こえ始める。それは耳から脳の中にまで侵入してくる。防げない。逃がれられない。俺たちは電磁波攻撃を受けたように次々と床に倒れていく。耳を押さえ、悲鳴をあげ、破裂しそうな頭を抱えながら。

倒れた美咲の手からカメラが転がる。俺は霞む視界の中で、カメラをつかもうとした赤いマニキュアの指が力尽きたようにくたりとなるのを見る。

そして、視界がブラックアウトした。

第三部

25

まぶしい。まつ毛に絡みつく金色の糸。ありがたいことに太陽の光だ。こじ開けた俺の目に、光を浴びて床に倒れているブアウ人形が映る。その不気味さは色褪せた悪夢のように失われている。

顔をあげると、魔法陣の周囲に倒れている黒谷、緑川と青山が見える。そしてうつ伏せになった色川美咲が。彼女の手の先にはレンズの割れたカメラが転がっている。

白石は……どこにもいない。

「おい。おい、黒谷」

俺は口を半開きにしている黒谷に這い寄っていく。まさか死んでるんじゃないだろうな。体を揺さぶると、喉仏《のどぼとけ》が動いてうめき声が漏れた。よかった、みんな気を失っているだけだ。

俺の声を聞きつけ、緑川も青山も目を覚まし、呆然と破壊された部屋を見回す。崩れた祭壇、バラバラになったブアウド仮面、窓に打ちつけた板がはずれている。

「美咲さん、美咲さん」

だが、美咲だけは動かない。俺は美咲のそばにいって彼女の肩を揺する。なかなか意識を取り戻さない。ダメージが大きかったのか、もし体温を感じなければ死んだかと思ったところだ。

「――なに――なにが起きたの?」

美咲はやっと目を開け、埃がついた長いまつ毛をしばたたかせた。目の下にクマができている。

「みんな気絶してた」俺は報告する。

「みんな?」美咲はどこかが痛そうに顔をしかめて起きあがる。

このブアウド魔術のイベントの首謀者、教授にもこの事態は予想外のようだ。美咲はカメラを見つけると、急いで這い寄って手にとる。

「ダメだ、壊れてる」美咲の顔が青ざめる。「データは無事かな」

美咲は床に座りこんでカメラを調べ始める。最後に見舞われた電磁波嵐のようなものので、精密機器がクラッシュしたのだ。おそらく動画配信も途中でいきなり切れただろう。結末が観られなかった何万人が怒ったり心配したりしていることか。

「データが……」美咲はショックを受けている。「残ってない」

「美咲さん、白石は？」俺は尋ねる。

「知らない、わたしだってわからない」美咲はカメラから顔をあげない。「データが……ああ」

俺は美咲――教授を醒《さ》めた目で見つめる。俺たちを利用して魔術をやらせた女は、白石の行方も、その恐ろしい願い事の成り行きもまったく気にしていない。

青山と緑川、そして黒谷は夢から覚めたように立ちあがり、廊下から差している陽の光に吸い寄せられていく。俺は美咲をそのままにして仲間たちのあとを追いかけた。

「あ、戻ってる」青山の感慨深げな声が廊下に響く。

階段の吹き抜けには天窓から光が降り注ぎ、埃が金の粉のようにキラキラと舞っている。昨夜、魔界と化したビルはいつもの廃墟に戻っていた。俺は青山と緑川の横に並び、手すりから身を乗り出して下を覗く。黒谷が落ちたあの恐ろしいブラックホールはもうどこにもない。

「ほら、黒谷、見てみろよ」

緑川と青山が絶対に手すりに近づこうとはしない黒谷をひっぱる。黒谷は顔をひきつらせて必死に抵抗する。あんな地獄に落ちても生き残った黒谷だが、高所恐怖症は一生治りそうにはない。

「……戻った」二人の手を逃れ、黒谷は壁にしっかりと背中をつけてあたりを見回す。「俺たち、元の世界に戻ったんだ」

呪われた一夜は終わった。つまり魔術がコンプリートされ、エンドマークが出たということだ。だが、はたして外へ出ることはできるのだろうか。俺は黒谷と顔を見合わせ、急いで階段を一階へと駆け降りていく。青山と緑川も続いてくる。俺たちは正面入り口のシャッターに手をかけた。

あっさりと開く。まるで封じこめの呪いが解かれたように。

「出られる」緑川がバンザイした。「やった、外に出られる」

やった、やったと四人の喜びの声が響く。想像を絶する体験をした俺たちは、ついに魔術のデスゲームから生還したのだ。

「おい、白石は？」俺は言う。

みんなが笑顔を引っこめる。忘れてしまいたいことを思い出したように。

「たぶん――」緑川が言いにくそうに口を開く。「あっちに飛ばされたんだよ」

「うん、あっちに」青山もうなずく。

黒谷もそうだな、と同意する。どうやら三人とも情報を共有しているようだ。消えなかった俺は仲間はずれか。

「あっちってどっち？」俺は訊く。

「だから、誰もいない、儀式の場所と同じところだよ」黒谷が言う。「青い光の」

「そう、青い光だった」緑川もうなずく。

あの夢の場所か——俺は不意に思い至る。あれは俺の夢が勝手に作ったビジョンではなかったのだ。三人の言っているあっちの世界とは、あのブルーのフロアだ。消えてしまったとき、全員あそこに行っていたのだ。

「白石が消えて、あっちに飛ばされたとしたら」緑川は考える。「白石の願いも何らかの形で叶えられるってことか？」

「世界征服が？」青山がおぞましそうに身震いする。「僕たち奴隷？」

「叶えられないだろ、普通」黒谷は首を横に振る。

だが、青山の願いも、黒谷の願いも叶った。緑川の願いも、ある意味叶ったと言ってもいい。とすると、白石の願いはバカらしいほど大きくて実現不可能に思えるが、絶対に叶わないとは言い切れない。

「結局、赤城だけはあっちに飛ばされなかったってことか」黒谷が俺を見る。

「や」俺は考える。「もしかして、いちばん最初に飛ばされていたのかも」

あの悪夢。あのとき、まだ儀式の準備もできていなかったのに、俺は夢の中でブアウド仮面とその子分に囲まれて斬りつけられた。目を覚ますと、ブアウ人形はじっと俺を見ているみたいだった。そうだ、俺はいち早く、時間を超えてブアウド空間に飛ばされていたのだ。

「どういう意味だよ」黒谷は不思議そうに俺を見る。

「や、えっと……」俺は口ごもる。「よくわかんないけど」

「なんだよそれ」

なぜか、あの夢のことはみんなには言わない方がいいような気がする。どうしてそう思うのか、俺にもわからない。

「それで、どうする？」緑川が言う。

「なにを？」黒谷が訊く。

「なにをって、白石をこのままほっといていいのかってこと。あいつが見つからないんじゃ、ここから引きあげられないだろ」

黒谷と青山が気まずそうに目をそらす。世界征服を企んだ邪悪な友人、黒谷を二度も裏切った白石。今、白石を大好きなやつは誰もいないだろう。正直、心の中では戻ってこなくてもいいと思っているかもしれない。

だけど、それでもハイサヨナラと見捨ててさっさと帰ってシャワーを浴びて寝てしまうわけにはいかない。それに、万が一まちがって願いが叶ったりしたらたいへんだ。

「探すか」俺は提案する。

「あの場所に飛ばされたとしたら、探したって見つかるとは思えないな」黒谷は渋い顔だ。

「黒魔術は終わったんだよな」緑川も首をひねる。「だったら白石は、どんな形で戻ってくるっていうんだよ」

このビルはもう普段の状態に戻っている。きっと魔法陣も効力を失っているだろう。もしかしたら、白石はこのまま神隠しにあったように永遠に発見されないのかもしれない。

神隠し——人が忽然と消えてしまう現象だ。神や天狗《てんぐ》や妖怪、鬼や狐、宇宙人なんかの仕業だと言われていて、世界中にたくさんの実例があるらしい。時空の歪みに迷いこんだという説もある。さすがの俺もそんな話は半信半疑だったが、一夜にして世界観は変わってしまった。

俺は目の前でテレポーテーションの瞬間を見た。おそらく、あのブルーフロアのような場所は世界中にあるのだろう。ホワイトロッジとか神域、異次元の空間、中間世界とか呼ばれているのがそうだ。その入り口が開く時があったり、迷いこんだり、魔術みたいに強い力が人を出し入れしたりすることがあるのだろう。

「とにかく探してみよう、この建物の中」俺はみんなを見回す。

「無駄だと思うけど」黒谷はため息をつく。「探すか」

もうスマホは完全に死んでいる。俺たちはとりあえず、白石がそこら辺に転がっていないかと建物の中をくまなく探し回った。

おーい、しらいしー、白石くーん——虚しい声が廃墟に響く。ボイラー室、機械室、倉庫、トイレ。だが、白石の姿はどこにもなかった。

26

剣がない。白石は青い闇の中で手探りしていた。あれがなくては戦えない、勝たなければ願いを叶えられないのに。この勝負に勝つことがすべてを決めるのに。勝ちたい。人生の勝者、世界の頂点に立つ人間、それは俺だ。勝ちたい、勝ちたい、勝ちたい——。

ふと目が開く。視界に汚い空のような青っぽい天井が見えた。

ここは、どこだ。

白石は体を起こして見回した。そこはおなじみの儀式のフロアだ。魔法陣も祭壇もある。だが、白石以外には誰の姿もなく、陰気な青い光に染まっている。赤城やみんなはどこに消えたのか……そう思ったとき、白石の体が何かを思い出したように身震いした。おぞましい電流の感触。それが細胞に残っている。

もしかして、消えたのは俺のほうなのか？

そういえば、緑川が青い光がどうのと言っていた。きっと同じところにやってきたのだ。白石がそう思い至ったとき、後ろでかすかな音がした。

振り向いた白石は、ブアウド仮面と目が合った。風もないのにその黒マントが揺れている。心なしか太ったように見えるのは、気のせいか。緑川が中に入っていたように、まるで誰かがマントを着ているようだ……と思った瞬間、ブアウド仮面がゆっくりと歩き出した。

白石は叫び声をあげた。まただ。ブアウドは剣を片手に白石の方へ向かってくる。もしかして、これが最後の関門なのか。もう一度『戦え』ということか。

だが、ブアウド仮面の手には剣があり、自分にはない。戦いにはならない。ただ犠牲者になるだけだ。

白石は悲鳴をあげながら尻で後ずさる。ブアウドは無表情で迫ってくる。目の前のブアウドが剣を高く差しあげ、ついに振り下ろされたとき、絶叫が白石の喉を突き破った。

死ぬ――。

「フハハハ」笑い声があがった。

ブアウド仮面がおかしくてたまらないように体をゆすって笑っている。妙に人間ぽい、おっさん臭い声で。恐る恐る白石が顔をあげると、剣の先は自分の鼻の五センチ向こうで止まっていた。

「よお、怖かっただろ」

ブアウドが笑いながら仮面をとる。その下から現れたのはグレイヘアの中年男だ。白石はその恵比寿様のような顔に見覚えがあった。

「――教授」

まさしく白石にブアウ人形と魔術書を渡した教授だ。教授は悪さに成功したイタズラ小僧のようににやりと笑った。あどけないその顔は、よく見るととても教授には見えないが、あのときはすっかり信用していた。

「や、教授じゃないんだ」白石は自分に言い聞かせるように言った。「本当の教授は美咲さんで、あなたは美咲さんに頼まれて教授のフリをして、俺を――」

だましました。この偽教授は『人気ユーチューバーのきみに是非お願いしたいネタがある』と言って白石にコンタクトをとってきた。白石は儀式の話を聞き、これは人生の大チャンスだと思いこんだ。

もう腹をくだすこともあるゲテモノ食いで稼ぐ必要もない。願い事はケチで庶民的なほどほどのことで済ませる気はなかった。それはスケールの小さなやつがやることだ。最高、最大、頂点の願い。自分はそれに相応《ふさわ》しい人間だ。

世界のトップに立って、みんなを奴隷にする――。

白石は魔術を成功させるために綿密に計画を練った。五人が必要だと知ったとき、あの単細胞の赤城を利用することを思いついた自分を褒めてやりたい。

「ああ、まあな、そんなこったけどさ、こっちの世界じゃそんなことは関係ねえや」

偽教授は白石の顔を覗きこんだ。「俺は、プレイヤーにいろんなことやってる、まあなんつーか、エージェント？　みてえなもんだからな。たまたまこのおっさんの風情で出てきてるわけだよ。なんか楽しいだろ？」

「風花ちゃんにも変身した？」

「そりゃ、青山の願いだったからさ」

「じゃ、なんでチェキの写真があなたに？」

「あの野郎、本当に叶えてほしいって願いを書いたくせに、ちゃんと信じてなかっただろ。だから、ありゃまあ、罰みてえなもんだ」

「俺は、信じてる」白石は偽教授の目を見つめてきっぱりと言った。「ほんとに」

偽教授が真偽を確かめる裁判官のように白石をじっと見る。どんなに心を見透かされてもいい。白石は心の底から魔術を信じている。あのヒトラーにも尻尾とツノのある牛のような魔神が憑いていたというではないか。世界を動かそうとしている支配者たちは、神であれ悪魔であれ宇宙人であれ、目に見えない何かから莫大《ばくだい》な力を得ているに決まっているのだ。

「ほんとにほんとに」白石は偽教授から目を逸らさない。

ふたりの視線がぶつかり合う。やがて、偽教授は陰陽師《おんみょうじ》のようにおもむろに剣を構えると、厳かな声で託宣《たくせん》を下した。

「おめえの夢は――叶う」

なんというお言葉だ。白石の魂は浮かれて天まで飛翔した。跳ねるように立ちあがり、やったやったと狂喜乱舞して駆け回る。この黒魔術に賭け、儀式がコンプリートできるまで演技し、画策した。仲間をだまし、泣きわめき、戦った。その苦労はついに報われたのだ。

世界はもう俺のものだ。

「おいおいおい」偽教授が興奮状態の白石を制止した。

「はいっ――」白石は子分のように気をつけをした。この人の気分を損ねたらたいへんだ。

「そんであれだ、おめえさ、願い事がとんでもなくでっけえだろ。だから、それなりの代償を払わなくちゃなんねえ。その覚悟はできてるんだろうな」

「それはさ、願い事が叶うんでしょ？　だったらもう、どんな代償だってぜんぜんOKです」白石は迎え入れるように両手を大きく広げる。「イエスッ」

「そうかあ」偽教授は笑いながら両手を差し出してきた。

「ありがとうございますっ」白石はその手を握りしめた。

この人はもはや自分の神だ。ふたりは契約を締結した大統領のように手を握りあい、ワハワハと大声で笑い声をあげた。

「よおし、わかった」

偽教授は笑いながら、どっこらしょとテーブルの前に座りこんだ。いつの間にそんなテーブルが現れたのか、白石はまったく気づかなかった。そこには魔術の雰囲気が漂うエスニック柄の布がかかっている。白石はいそいそとその向かい側に腰を下ろした。ここでサインでもするのだろうか。

と、偽教授はポケットに手を突っこんで何かを取り出してきた。それは、小さな人形だ。赤、青、緑、黒――まるで赤城たちを模したような顔をしている。それをチェスの駒のように一つずつテーブルの上に並べると、次に灰色の人形を出してその後ろに並べ始めた。

「……なんですか、これ？」白石は怪訝な顔で一つを手に取った。

「こりゃ、おまえのかわいい奴隷たちだよ」

「はあ？」

「他にもいるぞ、ほれ」

啞然としている白石の前に、偽教授はどんどん灰色の人形たちを並べていった。よく見るといろいろな格好をしている。料理人、医師、警察官、ウェイトレス、芸術家。偽教授はママゴトをする子供のようにせっせと人形を整列させていく。

「こんくらいありゃ、充分だろ。なあ、兵隊もあるから戦争ごっこもできるぞ」偽教授はカーキ色の軍人を二つ手に取った、「それ、撃てーっ、なんちゃってな、ハッハッハッハ」

白石は力なく笑った。これはなんなんだ。センスのないジョークなのか？　このあとに何か正式な手続きがあるのか？　いや、カボチャが馬車になるように、魔法でこの人形たちを人間にするのか？

偽教授は軍人をテーブルに置くと、遊びの時間が終わった子供のように白石を見つめた。いよいよマジックが始まるのか。

「じゃ、元気でやれよ」偽教授は立ちあがった。「俺はこれで退散するからよ」

あっけにとられている白石に背を向け、のそのそと出口の方に歩いていく。肝心の魔法はどうなるのか。

「ちょ、ちょちょちょっと」白石はあわてて立ちあがってそのマントをつかんだ。

「なんだよ」

「や、これってどういうことなんですか？　よくわかんないんだけど」

「だから」偽教授は優しく言いきかせるように言った。「おまえの願いは叶ったんだよ」

「え？」

「わかんねえかなあ。おまえはさ、これからずっとここにいんだから、な」

ずっとここにいる——？　白石は激しく動揺した。どういう意味だ。自分はここに閉じこめられたということか？

「ここがおまえの世界なんだからさ、ここにはおめえしかいねえだろ。だから、おめえはキングだ」偽教授は笑いながら両手の人差し指で白石を差した。「この世界はおめえが独り占めできるんだよ。トップの男だ。イエーイ」

白石はロック歌手のように楽しそうに両手を振りあげる偽教授を見つめた。

この世界——それはこの青いフロアだけということなのか？　ここにいるのは俺一人なのか？　まさか、永遠に？

「世界はおめえのものだ。おめでとう」偽教授はさよならの握手をした。「願いが叶った、めでたしめでたし——じゃな」

偽教授は適当な説明をすると、さっさと手を振って出ていこうとした。

「やや、そんなのおかしいでしょ」白石はあわてて追いすがった。「それって、まちがってないですか、ぜんぜん願い叶ってないんですけど」

「だから、代償もでかいって言っただろ。これで差し引き——」教授は振り向き、指でゼロを作る。「ゼロだ、な」

代償——？ まさかそれが、このわけのわからない世界にずっといるということなのか。世界征服の代償は、たったひとりの世界に生きるということなのか。

そして、世界がこれっぽっちで世界人口が一人なら、世界征服など、ない。

「や、ちょっとそれおかしいでしょ、待ってよ、ね、ちょっと、おいっ」

偽教授は世界中の皮肉を集めたようににやりと笑った。そんなこともわからないバカを見る目つきで。追いかけようとする白石の手をうるさそうに振り払い、黒マントをひらりとさせて顔を覆う。布の向こうでくぐもったバイバイという声が聞こえた。

そして、教授は消えた。用事が済んだアラジンの魔人のように。

「お、おい、待ってくれっ」

白石はパニックになって叫んだ。遭難者のように声を限りに。応える者のいない、青い孤独な世界に向かって。この世界では死ぬことはない。死んでもまた生き返る。おそらく、何度でも。

つまり、白石の魂は永遠の悪夢に閉じこめられ続けるのだ。

「おーい、ふざけんなよ、おい、おーいっ」

その絶望の叫びを聞いているのは、テーブルに並んで空虚な目で壁を見つめている人形たち――白石の奴隷だけだった。

27

「いるわけない、よな」黒谷が疲れた目で散らかった会議室を見回す。

ほんの数時間前、白石はここで黒谷を陥《おとしい》れ、ブアウド仮面から自分だけが助かろうとした。黒谷はそれを忘れられないだろう。それでも、俺たちは白石を探して段ボール箱の陰をのぞいて歩く。

白石はまだ見つかっていない。このままでは警察に捜索願を出さなくてはならないだろう。

「黒谷、おまえ、あっち行ってなにがあったんだよ」俺は尋ねる。「量子力学ってやつの、なに、真実とか教えられたのか?」

命がけのゲームが終わった今、やっとこんな話もできる。一つの理論は習得した、と黒谷は言った。偽物教授にいったい何を習ってきたのだろう。

「赤城」黒谷は俺を振り向く。「量子もつれって聞いたことある?」

「ん? ない。なにそれ」

もつれ? なんだか物理学っぽくない言葉だ。俺はくたくたで足はもつれてるし、頭の配線ももつれている。

「量子もつれが時空を形成してるっていう考え方がある。ひとつの微粒子を非線形光学結晶に通過させると、二つに分離する。その二つはツガイになっていて、片っぽがプラスの方向に運動していると確認されたとたんに、もう一つの方はマイナスの運動をする。そして、それは光の速度を超えた状態で伝達されるんだ」

俺はふうん、と聞きながら段ボール箱に腰を下ろす。難しい話は俺の脳で勝手に単純化されてしまう。なんだかA面とB面みたいなイメージだ。でもきっとぜんぜん違うのだろう。

「わかる？」黒谷は俺の顔をのぞきこむ。

「わかんない」

黒谷は苦笑する。その笑みはできそこないの弟を持った兄貴のように温かい。

「でもそれってさ……」俺は俺なりに考える。「微粒子に限っての話なんだよな？」

「いや、生き物でも同じことが起きる可能性がある」

「生き物でも？」

「そう。クマムシで量子もつれを成功させた研究チームが出てきた。クマムシを超伝導量子ビットに組みこんで、生きたまま量子もつれを確認したんだ。将来は量子もつれを利用して、人間の瞬間移動も可能になるっていう学者もいる」

ということは、クマムシが二つに分かれたのか？　それでも生きていたってことか？

「なんか、マジでよくわかんないな」俺は正直に言う。

「でもさ、そう考えると、昨日起きたことが全部、説明できるだろ？」

みんなは消えたとき、死んだのではなくて瞬間移動していた。それが量子力学で説明できるのか。

「偽物の教授は俺にそう言った」

「で、あのさ、その考えによると……白石はどこに消えたってこと？」

もうひとつの青い光のフロア。おそらく白石はそこに閉じこめられている。それは誰が作ったどんな世界なのか。

「それに、ブアウド魔術って、いったいなんだったんだよ？」

俺は頭のいい黒谷に全部説明してほしい。量子力学的に、わかりやすく。はたして魔術とは高度な科学なのか。

「わかんない」黒谷は謙虚に応える。

俺はため息をつく。まだ黒谷の考察は始まったばかりだ。この男はこれから考え続けていくのだろう。自分が実体験した悪夢の一夜について。ニュートンの目の前で落ちたリンゴのように、それは魔術から黒谷への贈り物なのかもしれない。

廃ビルから外に出ていくと、草の匂いのする風が顔を撫でた。それがこんなにすばらしいこととは。昨日の儀式で吹いた不気味な風とは大ちがいだ。俺たち四人は寝不足の憔悴した顔を見合わせ、駐車場に向かって歩き始めた。

「白石は、消えた」緑川が結論を下す。

結局、ビルの中をくまなく探したが、白石はどこにもいなかった。警察に通報しなければいけないと考えると、気が重い。友だちがゆうべ魔術の儀式で異次元に飛ばされてしまいまして、なんて言えない。

「赤城くんの願い事は叶わないってことだよね」青山が言う。

「なんだったんだよ、赤城の願い事って」黒谷が訊く。

「ファイブカラーズの再結成だって」俺の代わりに緑川が応える。

残念ながら、白石が豹変した時点でそれはもう俺の願いではなくなっている。今思うと我ながら青臭い願いだった。

「もういいよ、どうだって」俺はつぶやく。

正面玄関からカメラバッグを持った美咲が出てきた。焦燥《しようそう》した様子で、俺たちに声もかけずに足早に追い抜いていく。俺たちが白石を探索している間、それを無視して黙々と機材を片付けていた。

駐車場には美咲が乗ってきた白いバンが停まっている。美咲はバックスペースにカメラバッグを積みこむと、苛立たしげに大きな音をたててドアを閉めた。

「カメラのデータ、全部消えた」

不機嫌な顔で俺たちを振り向く。メイクはすっかりはげ落ち、明るいところで見るその顔は朝帰りのキャバクラ嬢のようにくたびれている。

「アーカイブが残ってるだろ」黒谷が言う。

「どうかな。怖いけど、全部消えちゃったかも」

やはり、それより重要なことは他にないようだ。

「俺はもう、なにが起きてもまったく驚かない」緑川が近づいていく。「データが消えちゃったら、記録映画のプランもなしになっちゃったか」

「そんなお気楽な話じゃないから」美咲は睨む。

「お気楽なんて思ってないよ、残念だなって」緑川はみんなを見回す。「だって、昨夜の出来事が映像に残ってたら、けっこうセンセーショナルだもんな。なあ」

これだけの目にあわされ、あの命がけの映像が残ってなかったら俺だって残念だ。ライブ配信はどこまでバズったのだろう。

「あのな、記録映画のプランなんて最初からなかったんだよ」黒谷が美咲を指さす。「全部、この教授の大切な研究資料になるだけだって」

緑川は、えっと黒谷を振り向く。また『犯人はあなただ』の役を横取りされてしまったように。

「戻ってチェックする」美咲は無視して運転席に向かう。

「な、否定しないだろ」黒谷はしたり顔だ。

そういうことだったのか。結局、俺たちは魔術の実験材料でしかなかった。美咲——教授の手のひらで踊らされて、研究のためにエネルギーを搾りとられたのだ。美咲の目的がなんだか知らないが、そのためにはあのデータがどうしても必要らしい。だから彼女はこんなにも取り乱しているのだ。

美咲は知らん顔でキーでロックを解除する。もうあなたたちに用はないとばかりに。

「なあ、待てよ」俺は後ろから呼びとめる。「白石は？」

白石は行方不明になったままだ。いくらなんでも責任があるだろう。

美咲は足を止めて振り返る。その目にはひとかけらの心配もない。

「知ったこっちゃないでしょ、そんなの。勝手にしなさいよ」

「勝手にって——」

「じゃね」

責任感ゼロ。啞然としている俺たちを尻目に、美咲はさっさとバンに乗りこもうとする。俺たちは詐欺の被害者になった気分で顔を見合わせた。

何を言っても無駄だ。人を人とも思っていない冷血人間に俺たちは背を向けて歩き出す。もうこんな場所から、悪夢の出来事から一刻も早く離れたい。願い事なんてどうでもいい。自分の家に帰ってシャワーを浴びてぐっすり眠りたい。

「え、ちょっと――」そのとき、美咲の動揺した声が聞こえた。

なにごとか。振り向くと、美咲がバンの中を見てのけぞっている。あんな女でもまだ驚くことがあるのか。

「何してんのよ、ねえっ」

近所のガキでも潜りこんだのだろうか。青山が怪訝そうに駆け戻っていき、ウィンドウから中を覗きこむ。

「えっ」青山は声をあげ、あわてて俺たちを呼ぶ。「ちょっと見て――」

駆け寄った俺たちは、後部座席に横たわっている男を見て驚愕する。

「あ、おい、白石っ」

まだこの世に驚くことがあるとは。シートに頭をつけて目を閉じているのは、白石だ。いつの間にバンに積みこまれたのか。見えない手でここに運ばれたのか。

「いや俺、絶対に驚かない」緑川の声が驚きで裏返る。「絶対に驚かないっ」

俺は急いでバンのスライドドアを全開にする。白石は昨夜の服ではなく、なぜか星模様のパジャマを着ている。生きているのか、死んでいるのか。体を触ると温かい。

「白石、おい、起きろよ」俺は揺さぶる。「白石っ」

うーん……五歳の子供みたいなうめき声をあげ、白石が薄目を開く。ただ眠っていただけのようだ。しばらく自分が見ているものがわからないように俺たちを見ている。

「……え？　ここ、どこ？」

白石は目をこすりながら起きあがった。金髪が寝癖で跳ねている。

「どこって、ここだよここ」俺は廃ビルを指差す。「儀式やった建物」

「……なに、儀式って……？」

もしかしてブアウ人形の電撃ショックで記憶喪失になったのか。

「うちで寝てたのに」白石は不思議そうに車の外を見る。「え？　どこだよ、ここ」

おののく俺たちを尻目に、白石はあっけにとられた顔で車の中から出てくる。足に履いているのはフリースのルームシューズだ。眩しそうに建物を見あげ、辺りをきょろきょろ見回している。まさかこれも演技なのか。

「うちにいたって――」俺は尋ねる。「白石、昨夜、おまえなにしてたんだよ」

「ずっと動画の編集してたよ」

「だからパジャマ？」

「俺、寝るときはパジャマなの」

昨夜の冷酷な白石とはうって代わり、その顔は子供っぽいと言っていいほど無邪気だ。

「ずっとうちにいたのか？」黒谷が信じられないように訊く。

「うん、そうだよ」白石は不思議そうだ。「当たり前でしょ」

白石はずっと家にいた。それが事実なら、俺たちといっしょにいた白石は誰なのか。

「俺たちのイベントは？」

「はあ、なんのこと？」白石は戸惑う。

「なに、ブアウ人形のことは？」俺は尋ねる。「おまえが俺に渡したんだぞ」

「ブアウって……わかんない」

「おまえは、ゆうべ、ずっと俺たちといっしょにいたんだよ。魔術やって、生中継してただろ。そんでさ、おまえ、世界征服して俺たちを奴隷にするとか言って――」

白石は日本語の意味がわからない外国人のようにぽかんとなる。

「……なに言ってんの？」

それはこっちのセリフだ。全員が宇宙人でも見るように白石を見つめる。この白石は本当に白石なのか、それとも別の宇宙からきた偽白石なのか。

「白石、覚えてないの？」緑川が探るように言う。

「だからうちにいたって、ちゃんと覚えて——」言いかけた白石の目が上を向く。

「あ」

「なに？」黒谷が身を乗り出す。

「夢見た。赤城たちの」

それでは幽体離脱でもして儀式に参加していたのか。それともあれは白石のドッペルゲンガーだったのか。

「どんな夢？」俺は勢いこんで訊く。

「五人でグループを再結成して、動画配信やってた」白石は嬉しそうに笑う。

俺の口は半開きになる。昨夜の夢ではない。それは、俺の願い事のビジョンだ。それを嘲笑《あざわら》った白石がなぜ、夢になんか見るのか。えげつない世界征服はどうなったのか。

「だからなんのこと？」白石は本当に困惑している。「なんで俺、こんなとこにいるの？　誰か教えてよ」

その態度からは昨夜の邪悪さがすっかり消えている。それどころか、ちょっとかわいいくらいだ。まるでサナギみたいに悪人の皮を脱ぎ捨て、善人の白石に生まれ変わったのか。

「まさか……」黒谷がつぶやく。「分離した？」

はあ、と俺は呆《ほう》けた声を出す。そんなバカな。

「善人の白石と悪人の白石に分離した」黒谷は続ける。「量子もつれだ」

「なにそれ」青山が怪訝な顔をする。

量子もつれ——聞いたばかりの理論を思い出す。たしか、ひとつの微粒子がプラスとマイナスのカップルで、二つに分かれても即座に伝達されるとか、クマムシが生きたまま量子もつれで分離したとか、そんな感じだった。

だが、白石は人間だ。いきなり双子みたいに二つに分かれるわけはない。

「冗談だろ？」俺は思わず言う。

「とにかく、昨夜の白石はこの白石じゃない」黒谷が指差す。「だってパジャマ着てるぞ」

俺たちはかわいいお星様のパジャマ姿をじっと見る。昨日は白いジャンプスーツだった。明らかにあの、剣を振り回して俺をぶった斬ろうとしていた白石とは別人だ。

悪魔の白石と、天使の白石。属性の違う二人に分離した？　そんなことあるわけない。

「なんだよ、なにじろじろ見てくんの」白石は後ずさる。「気持ち悪いよ」

そのとき、ことの成り行きを見守っていた美咲が近づいてくる。白石をチラリと見たが、言葉もかけずにバンの後部ドアを閉めた。

「とにかく、問題はこれで解決」美咲は無責任に言う。「これで警察の世話にもならなくて済むじゃない。よかった。じゃ、わたしは行く。じゃね」

美咲はさっさと運転席の方に歩いていく。白石は不思議そうにその後ろ姿を見送る。

「誰？　あの人」

昨夜の記憶がないだけでなく、最初の日に美咲に会ったという記憶もなくなっているようだ。黒谷が言ったようにもし分離したのだとしたら、もう一方の白石がその記憶を持っているのか。

「そうだ」運転席のドアを開けた美咲が、ふと思いついたように振り向く。「なにかあったらあなたに連絡するからね、赤城くん」

なぜ俺に？　俺は怪訝に思う。俺が率先して五人を集めたからなのか。そう思いながら美咲の顔を見た俺は驚きで腰を抜かしそうになった。

わあぁっ——もうなにが起きても驚かないはずの緑川が絶叫する。

驚愕をさらに上回る驚愕。俺は声を失って美咲の顔を凝視する。

老婆だ。美咲はしわしわの老婆に変わり果てていた。

異変を感じた美咲がはっと自分の手を見る。赤いマニキュアを塗った手はくしゃくしゃのシワだらけで青い血管が浮いている。美咲は驚いてバックミラーを覗きこみ、自分の身に何が起きたかを知った。

俺はその顔に覚えがある。まちがいない、夢に出てきたひいおばあちゃんだ。

ショックを受けた美咲の体から力が抜ける。よたよたと倒れそうになったその体を、俺はとっさに駆け寄って支えた。痩せて弱々しい老人の体。ごつごつした腕の骨が手に当たる。若さが、生命力が一気に流出し、美咲はフリーズドライのように老化していた。

「美咲さん」俺の声はかすれている。「どういうこと――？」

美咲のシワ深い目が空をさまよう。失ったものを探すように。

「……ブアウドの効力が……なくなったみたい」美咲はしゃがれ声でつぶやく。

「ブアウドの、効力？」

「……わたし、大学の教授なんかじゃない……ブアウドの効力を使って、ずっと若いまま、生きてきた……効力を持続させるためには、若い人のエネルギーが必要だったの……」

衝撃の告白。まるで吸血鬼のようだ。捕食者と餌《えさ》。だが、美咲が食べていたのは血や肉ではなく、若者のエネルギーだった。俺たちは魔術に誘《おび》き寄せられて罠にかかり、儀式によって生気を吸いとられていたのだ。

老婆が苦しそうに目を閉じて首をのけぞらせる。俺は変わり果てた美咲をゆっくりと地面に横たえた。薄くなった銀髪が力なく地面に広がる。

「あなた、俺の夢に出てきた。俺のひいひいおばあちゃんだって――」

美咲は薄目を開け、不思議そうに俺を見る。

「それで――俺に儀式をやめろって」

この美咲がそんなことを言うわけがない。俺たちのエネルギーが必要だったのだから。だったらあの夢に出てきたのは誰だったのか。

「……あなた、わたしと繋がってたんだ」美咲は思いがけない顔をする。

どうやら美咲も知らなかったらしい。俺たちには血の繋がりがあるということを。してみると、巡り巡って俺のところにブアウ人形が来たのも偶然ではなかったのか。

「美咲さん、いったい何年生きてるんですか？」

「……百歳を超えてから……数えるのやめちゃった」

永遠に若いままでいたい――古今東西、それは人間の夢だ。若さに執着した美咲は、ブアウド魔術によってそれを叶え続けていたのだ。おそらく録画データはそのために必要だったのだろう。

「で、俺に忠告したのは……あなたじゃない？」

あのひいひいおばあちゃんは怖かったけど、イタズラな子を叱りつける親のような、愛情のある人に見えた。

「……ブアウドの儀式を受けたとき……わたしは、分離した」美咲は告白する。

「分離――」黒谷が我が意を得たように繰り返す。

「……黒いわたしと、白いわたし……白いわたしは、日本に戻ってから……死んだ。あなたの夢に出てきたのは、魔術を拒否した白いわたしの方」

信じられない。白と黒。プラスとマイナス。ポジティブとネガティブ。そんなふうに人間が分かれられるのか。

「量子もつれ？」黒谷がつぶやく。「ブアウドは人間の分離に成功してたってことか」

クマムシどころの話ではない。美咲の告白が本当なら、ブアウド魔術は今の人類の科学を遥かに凌駕していたということになる。

「……永遠なんて、ない」美咲の声が小さくなっていく。「なんにでも……終わりがあるのね……」

老婆の顔が苦しそうに歪む。俺の手を握ったたしわくちゃの手から、だんだんと力が抜けていく。

俺のひいひいおばあちゃんの黒い片割れ。ブアウドは今回の儀式をコンプリートさせ、俺たちを思う存分揺さぶって若いエネルギーをゲットしたはずだ。美咲がどんな方法でその若さを自分のものにしていたのかはわからないが、データを失ったときにひどくうろたえていた。それで若返りに失敗したのかもしれない。

だが、データを完全に破壊したのは、あの儀式の最後で発生した電磁波攻撃だった。それがブアウドの仕業だとしたら、なぜそんなことをしたのだろう。美咲はもう用済みになったのか。

「美咲さん……」俺は名前を呼ぶ。「美咲さん、美咲さんっ」

長い長い間、若さを保ったまま生きることに執着した女。何度も魔術をやり、いろいろな時代を生きてきたことだろう。その不自然に引き延ばされた命が今、終わろうとしている。

なんという波乱の人生。俺の手の中で美咲の小さな手がわななき、枯れた体が赤く光り始める。黒谷が無言で俺の手をひっぱり立たせ、肩を抱いて後ろに下がらせた。

美咲はのけぞって断末魔の叫びをあげる。だが、最期の苦痛は短かった。次の瞬間、微かな音とともに老婆の体が霧散した。

俺たちは顔を覆って後ずさる。黒い粒子が無数の羽虫のように風に散っていく。俺たちはあっけにとられ、たちのぼる黒煙を見つめた。

色川美咲は消えた。永遠に。

「……いったい、なに」白石が震え声を出す。「――さっぱりわかんないんだけど、

「なにこれ」

煙の入った目が沁み、俺はまばたきしながら空を見あげる。美咲は死んで素粒子に還った。今度こそ、まちがいなく、ブアウドの魔術は終わったのだ。

28

いくたびも男たちを翻弄《ほんろう》してエネルギーをもらい、ヴァンパイアのように歳をとらずにいくつもの時代を渡ってきた。そんなわたしの長い長い人生も、ついに終わりの時がきた。

わたしがブアウドと共生する男に出会ったのは、常夏の島のポスターに出てくるような青い海辺だった。魚を追って波に飲まれそうになったわたしを助けてくれた、五十歳のアフリカ系の元水夫。その時、わたしはまだ小さな島以外に何も知らない若い娘だった。連れていかれた水夫の小屋は、世界中の冒険の旅で手に入れた珍しい物でいっぱいだった。

宝石みたいな貝細工のアクセサリー、青銅の剣、蛇が出てきそうな壺、アラジンのランプ。わたしは恐々とそんな品を手にとり、知らない土地に思いを馳せた。ガラクタだよ、と水夫は笑いながら、一つ一つの物が抱える由来を話してくれた。世界にはなんと色とりどりの物語がちりばめられていることか。わたしはそれを語る水夫の、フラダンスのウクレレみたいに心地いい声に夢中になった。

いや、夢中にさせられたのかもしれない。

やがて、すべての物たちの紹介が終わると、水夫はわたしの家族のことを訊いた。わたしは両親といっしょに暮らし、親の決めた日本人のフィアンセがいると話した。水夫はしばらく黙ってわたしを見つめていたが、意を決したようにタンスを開け、その奥の隠し扉からボロボロの布にくるまれた物を出してきた。

わたしは息をのんだ。布の中から出てきたのは、怖気《おぞけ》が立つような仮面と釘だらけの人形だった。ブアウド仮面とブアウ人形。水夫はそれらを願いを叶える宝物だと語った。

願い？――わたしの中で何かがぴくりと反応した。あなたは何か叶えてもらったの？

水夫はうなずき、壊血病《かいけつびょう》を治してもらったと言った。それは大航海時代の船乗りたちがかかる死の病、つまりは命を救ってもらったことになる。そして、残りの人生をこの美しい島で全うすることに決めたのだと。あっけにとられているわたしに、水夫は叶えたい願いがあるなら、儀式のために四人の若い娘を集めろと言った。

願いのない人間なんていない。四人の娘たちはすぐに集まった。好きな男と結婚したい、親の虐待を逃れたい、祭りの女王に選ばれたい、死んだ友だちにもう一度会いたい……わたしを入れて五人の娘は、それぞれの願いを胸に、満月が輝く夜に山の洞窟に集まった。そこには水夫の手で祭壇が作られ、魔法陣が描かれていた。

そして、恐怖の一夜が始まった。

娘たちが呪文を唱えたとたん、岩山が崩れて洞窟の入り口が塞がれた。修羅場《しゆらば》の中で、わたしたちはあらゆる感情にもまれ、しぼりとられた。ようやくすべての指令を終わらせたとき、岩山がまた揺れて入り口に穴が開いた。ほうほうの体《てい》で洞窟から這い出たわたしは、何かがおかしいことに気づいた。

空だ。そこにかかっていた満月は半月になっていた。

麓《ふもと》の村では二週間失踪していた娘たちの家族が半狂乱になっていた。

だが、わたしの家族だけはちがった。家に戻ったわたしは、窓から中を覗いていつものように落ち着いている両親を見た。わたしの失踪などまるで気にしていないように。声をかけようとしたとき、台所からひとりの娘が食事がのったトレイを持って姿を見せた。

それは、わたしだった。

もう一人のわたしはにこやかに両親に声をかけ、テーブルに朝食を並べた。幸せそうな家族。そのわたしは、わたしのいいところばかりを集めた娘のように見えた。

なにがなんだかわからないまま、わたしは逃げるように立ち去り、森に身を隠した。水夫はといえば、娘たちをそそのかした悪魔だとして保安官に捕えられ、牢屋に閉じこめられていた。

だが次の日、牢屋番が鉄格子の向こうに発見したのは、空っぽの牢屋と、石の床に積もっている黒い灰のようなものだった。

水夫は消えた。どこに行ったのか、何が起こったのか、わたしにもわからなかった。


だが、すべきことはわかっていた。

わたしは洞窟にこっそり戻り、ブアウド仮面とブアウ人形、そして水夫が読んでいた魔術書を拾いあげた。願いを叶える宝物。布に包んだそれらはまるで我が子のように、すっぽりとわたしの胸に収まった。

永遠に若くありたい。

わたしの願いは一途《いちず》でわかりやすかった。強いエゴが求める単純な欲望。わたしは自分が悪いものに魂を売ったことを自覚していた。その結果、まるで比重がちがう水と油が分かれるように、わたしは二つに分離したのだ。黒いわたしと白いわたしに。

その後、白いわたしは結婚して日本に渡ったと聞いた。きっといい奥さんになって子供も産んだだろう。まさかその子孫に会うことになるとは思ってもいなかったけれど。

黒いわたしは宝物と共に旅に出た。ずっと若く美しいまま。

ブアウドはわたしの願いを叶えるために、少なくとも七年に一度、儀式を求めた。世界中の祭りや儀礼がそうであるように、人の心を揺さぶって喜怒哀楽の感情を発生させ、精妙なエネルギーを搾取することを。

この世界で願望を現実化するためには、家を建てるのに材料や労力が必要なように、それなりの代償が必要だ。ブアウドはわたしの願いを叶え、わたしはブアウドにエネルギーを集めてあげてこの世界に存続させた。持ちつ持たれつの共存だ。

わたしはアメリカのあちこちで貧しい街の若者たちを集め、正体がばれないうちに次の街へ移動した。日本に渡った頃には、もう両親も白いわたしも亡くなっていた。わたしは苦学生を集めた。出陣する学徒を集めた。ありあまるエネルギーと自分の願望がマッチせず、不満を溜めている者たちを。時代が変わり、物が溢れて社会が一見豊かになっても、人は常に何かを求め続けていた。

ブアウドは儀式を繰り返し咀嚼《そしゃく》した。そのためにわたしは写真を残し、八ミリフィルムで記録し、ビデオを撮った。それは備蓄のようなものだった。

だが、今回、その何よりも重要なデータが消えてしまった。ブアウドの大好物のご馳走が。あってはならない事故だ。

いや——事故ではない。

あの電磁波のせいだ。ブアウドは人間が気を失うほどの電磁波攻撃を放った。気難しくてワガママな王が何もかもリセットするように。こんなことは今まで一度もなかった。

そして、ついに魔術の効力は失われ、わたしの肉体は一気にミイラのように老化したのだ。

意識が朦朧《もうろう》とし、とうの昔に体験していたはずの死が迫ってくる。体の輪郭が薄れて、わたしはなすすべもなく宇宙のチリに溶けていく。

ああ、あの水夫もそうだったのだ。

わたしはブアウドに捨てられた。もう用済みになった召使のように。人間としての意識の最後の一片で、わたしは悟る。

ブアウドはわたしに飽きたのだ。

29

混乱の余韻を残したまま数日が過ぎていった。

残念なことに、俺たちのリアル黒魔術動画のアーカイブは残っていなかった。俺だってもう一度客観的に見てみたかったのだが。だが、ライブ配信を観た視聴者はとんでもない数で、その後もSNSではこの話で盛りあがり続けた。

『あれって特撮か？』『種明かし配信希望！』『再開はー？』

俺たち五人は人気になり、その余波で俺の音楽系動画も登録者が激増した。だが、俺はもう単純にそれを喜べる心境ではなかった。

もっと大きな、人生に関わるような引っかかりが心に残っている。

俺はいったいなぜ、あの黒魔術に参加することになったのだろう。

そこで俺は再びあの廃ビルを訪れることにした。来るか来ないかわからないが、一応メンバー全員にも声をかけておいた。もう思い出すのもごめんだというやつもいるかもしれないけれど。

あの儀式の舞台となった場所へと川沿いの道を歩けば、最初にここにきたときの自分を思い出す。それはもう、今の俺とは違う。おそらく俺は二度と、あの無邪気で単純な自分には戻れないのだ。

儀式のフロアはそのまま放置され、うっすらと埃が積もっていた。崩れた祭壇、魔法陣。コンテナに腰をかけ、俺がしみじみとここで起きたことを回想していると、後ろから誰かが入ってくる気配がした。

「よう、赤城」

振り向くと、黒谷がすっくと立っている。俺はその顔に懐かしそうな笑みが浮かんでいるのを見てほっとする。なんだか戦友に会ったようだ。

「よお、黒谷」

黒谷はコンテナを引っ張ってくると、俺の横に並べて座る。今度の件で、俺はこの男の頭脳を再認識した。自分とはぜんぜん違う角度から世界を解析できる、そんな友だちは貴重だ。

「俺のひいひいおばあちゃんのことだけど」俺は話し出す。「おそらく一八八〇年、明治十三年生まれ」

「調べたんだ」黒谷が言う。

「気になるだろ。だけど、詳しいことはまったくわからなかった」

それは、やはり母方のひいひいおばあちゃんだった。俺の母方の祖母にちょっと霊感があったことも関係がありそうだ。

「ただ、ひいひいおばあちゃんの両親が一八八五年にハワイに移住している。そのころ、日本はハワイ王国と交流があって、日本人があっちに移住してるんだってさ」

「へえ」

「でも、家族は二十年後に帰国している。あとはよくわかんない」

　白いわたしは日本に戻ってから死んだ、と色川美咲は言った。つまり海外にいたということだ。もしかしたら、ハワイでひいひいおばあちゃんは育ち、どこかでアフリカのブアウド魔術に出会ったのかもしれない。だが、結局、美咲と俺に血縁関係があったかという証拠はなかった。

「黒谷は、なんかわかったことないの？」

　この数日、この男の優秀な頭脳はあらゆることを考えただろう。俺が訊くと、黒谷は待ってましたというように話し出す。

「白石は量子もつれ。美咲さんも量子もつれ」揺るぎなく黒谷は断言する。「つまり、ブアウド族は非線形光学結晶による分離を、百年以上前から人間にも適用できてたってことだろ。クマムシどころの話じゃないよな」

　こんな話をよそでできるわけがない。人間が量子もつれを起こした？　いっしょに体験して目の前で見た俺だって、自分の頭がおかしくなったことにする方が簡単だ。

「なんであんなことが起きたんだよ？」俺はあらためて問う。

「ホログラフィック宇宙論という最新の宇宙論があるんだ。この宇宙は、二次元的な情報を三次元に投影したもんじゃないかって理論」

「はあ？」

「つまり、この世界はホログラムなんだってさ」

「ホログラム？」

ホログラムといえば、空間に立体映像を投影するテクノロジーだ。バーチャルリアリティのようにゴーグルはいらない。俺が初めてそれに似たようなものを見たのは、娯楽施設のアトラクションだった。

「要するに、すべては仮想現実ってことだよ」黒谷は説明する。「今はトンデモ理論みたいだけど、あと数年で解明できるらしい。俺たちの世界は誰かが作ったゲームフィールドなんだ」

この世界は誰かが作ったゲーム——確かにそいつはトンデモ理論だ。だが、俺たちはあのトンデモ体験で、まさにそのトンデモ理論に近づいてしまった。

「だから、なにが起きたって不思議じゃない」黒谷は続ける。「このゲームのクリエイターが好きなようにルールを決められるってことだから」

そんなのあり得ない。俺の頭はなんとかそれを否定しようとあがく。この視覚、感触、肉体や物体もホログラムだというのか。だけど、夢の中にいるときも肉体はあるし、感触や視覚や聴覚がある。今、この現実が夢みたいなものだとしても、ひょっとしたら俺は気づかないのではないか。

「誰かが、このゲームをプレイしている」黒谷は言う。「そのプレイヤーがたまたま気まぐれにやろうと決めたゲーム内のイベント、それが行われたのが、数日前のこの場所だった」

　確かにあの儀式で、俺たちはゲームのコマのようだった。

「そして、ブアウドがそれに介在した」黒谷は続ける。「ただ、ブアウドはプレイヤーにも干渉する力を持ったものかもしれない」

　あの夜、俺たちはそのプレイヤーとブアウドが遊ぶために大いに利用された。この廃墟という城に集められた五人の若者と女魔術師みたいに――そうだったのかもしれない。でも、こうやって黒谷と話していることもホログラムで、ゲームのワンシーンなのか？　それはとても信じられない。

「だけど、だったらこの世界の作り主ってなんなんだ？」黒谷は腕を組む。「そいつもまた、誰かの作ったゲーム世界の住人なのか？　そしてその住人もまた誰かの作った世界の住人？」

　俺は頭がクラクラする。永遠に続く合わせ鏡の鏡像のように、果てしなくゲームプレイヤーがぞろぞろ続いている――？

「そんなことあるわけねーだろ」俺はやっと言う。

「だけど、そう考えなかったら、あの出来事の説明がつかないんだよ。白石がなんで戻ってきたのかも」

俺は黒谷の真剣な目を見つめる。この男を信じたいと、俺のどこかが囁く。俺の音楽脳は今、黒谷の教えでバージョンアップできるのか。

「ブアウド族はそんな作り主、大いなる意志なのか、神なのか、それともただのゲームプレイヤーなのか」黒谷は考える。「とにかく、そっち側にアクセスする方法を、部族の文化として持っていたんじゃないかな。一方的にそれに従うだけじゃなく、大いなる法則に力を加えて変化させる方法を知っていた、とか」

ブアウ人形、ブアウド仮面、魔法陣や呪文、時間と場所の指定――あれがその方法だというのか。だが、黒谷の言うように、たしかにあのとき、この場が異空間になった。現実が常識を失った。誰かに弄ばれているように。

魔術――それは迷信ではなく、叡智《えいち》なのか。

「とにかく」黒谷は立ちあがり、ポケットに手をつっこんで歩き出す。「俺は量子力学に関しての考察を、今までと同じようにはできなくなっちゃった。黒魔術を実行したことで、現実感が変わった」

黒谷は窓際から俺を振り向く。俺の目にその姿は後光が射しているように見える。

「俺の現実が変わったんだ」

それは、はたして進化なのか。

「よお」

そのとき、廊下の方から声がして、複数の足音が近づいてくる。振り向いた俺は、緑川と青山、そして白石が入ってくるのを目撃する。

みんな来てくれた。五人がまた顔をそろえたのだ。

「……ここで儀式をやったんだ」白石が恐々と辺りを見回す。「へえ」白いブルゾンの前を握りしめ、壊れた祭壇や魔法陣を信じられないように見ている。黒い白石はもういない。少なくとも俺たちと同じ世界には。

「やっぱりアーカイブはどこにも残ってなかったな」緑川は残念そうに言う。「だけど、映像の目撃者がとんでもない数だったから、SNSはすげえ盛りあがってる」

「まったく記憶にないっていうか、あるわけないんだけどさ」白石はもじもじしながら訊く。「……俺って、そんな悪役だった？」

「ああ、めちゃくちゃな悪役だった」俺は言ってやる。

「ほんとに？」白石は悲しそうな顔になる。

「うん、世界征服とか」

「世界征服？　そんなこと俺言ってた？　ひどい。なんかイマイチ信じられないな」

もしあの動画が残っていたら、白石は自己嫌悪でユーチューバーを廃業したかもしれない。いや、人生を辞めてしまったかも。

「体験した俺だって信じられねえからな」緑川が言う。「無理ねえよ」

「考えたらさ、ゲームみたいだったよね」青山がみんなを見る。

黒谷はそうだ、とうなずく。強く、確信的に。

「ああ、ゲームだった。本当にゲームだったんだよ」

静寂の中で、それぞれの思考が回る。青山や緑川が言っているのは、あの特殊な一夜のことだけだ。だが、黒谷はそこから思考を進め、現実というものの成り立ちの理解に至っている。そして、俺はその黒谷によって少しずつ目が開かれつつある。

この世界はホログラム——仮想現実なのか。

「考えたんだけどさ」緑川がちらっと俺を見る。「あれってなんだったのか、俺たちが答えるのを待ってる人が山ほどいるんだよな」

俺はどきりとしてその目の奥にある真意を探る。緑川は順々に他の仲間に目を移していく。青山に、黒谷に、白石に。まさか——。

「これをきっかけに再開するか」緑川は言う。「ファイブカラーズ」

俺は信じられない思いでその言葉を聞く。でも、どうせ誰かが反対するに決まっている。

「賛成」青山が小さく手を挙げる。

「いいかも」白石が微笑む。

よもや白石が神様に見える日がくるとは。俺は飛びあがるように立ちあがる。

「俺も、もちろん賛成だよ」

「俺も賛成」黒谷もあっさり同意する。

信じられない。ファイブカラーズの再結成――俺の願いが最後に叶うとは。

五人はちょっと照れたような顔を見合わせる。頭の中で円い五色の俺たちのシンボルマークがくるりくるりと回り出す。きっとうまくいく。すごくうまくいく、この五人なら。喜びが噴水のように溢れてくる。

そのとき、俺の目の隅を黒いものがよぎる。人影が、錯覚のように。

背中に冬の風が入りこんだようにぞくりとする。振り向いた俺は、祭壇の跡にブアウド仮面が立っているのを見る。黒いマント、不気味な仮面。穴の目がこちらを向いている。俺だけに向けた視線――。

「赤城、おい赤城」黒谷が呼んでいる。「どうしたんだよ」

え、と俺は瞬《まばた》きをする。みんなは俺の視線を追って不思議そうに祭壇の方を見回している。ブアウド仮面はもうかき消えている。

俺にはブアウド仮面が視えた。脳に映像を送られたように。だが、仲間たちには何も視えなかった。

「――や、なんでもない」俺はひきつった笑みを浮かべる。

「赤城」黒谷がぼそりと言う。「魔術が現実に反映した。赤城の願いが実現したんだ」

ブアウド仮面はそれを告げにきたのか。おまえの世界を変えてやったのだと。美咲にもブアウドは視えていたのか。

「美咲さんは、ブアウドに取り憑かれていたのかもな」黒谷は俺を見た。

取り憑かれる？　そうかもしれない。そしてこの男なら、そんな怪奇現象もいつかきっと量子力学的に説明してくれるだろう。

30

また近々会う約束をしてファイブカラーズの仲間と別れ、思考も気持ちもぐるぐるしたまま自室に戻った頃には夕暮れどきになっていた。

目に染みるような真っ赤な夕焼けが都会の空を彩っている。俺は赤いカーテンを開けたままテーブルの前に座る。まるで祭壇の前にいるような圧を感じる。

テーブルの上に並んでいるのは、ブアウ人形とブアウドの仮面、そして古い魔術書だ。

赤い光に浮かびあがる、不気味なふたつの顔。人間離れした宇宙人のような顔。俺はひとり静かにブアウドの仮面を見つめる。

美咲がチリになって消えたあと、俺はこの三つのアイテムが彼女のカメラバッグに大事にしまわれているのを見つけた。美咲が受け継いできた願いを叶える魔術。もう効力があるかどうかわからなかったが、捨ててはいけないと思ってうちに持ち帰った。

そして今、俺の世界の中心に供えられたようにここにある。

俺はさっき廃墟に現れたブアウド仮面を思い出す。

魔術はまだ生きている。


美咲はブアウド魔術を継承していた。ブアウドの仮面とブアウ人形と魔術書といっしょに、若さを保ち続けるという願いを叶えてもらいながら。システムを動かすのに電気が必要なように、魔術には人間のエネルギーが必要らしい。願望を叶えてほしい人間がいなかったら、この仮面も人形もグロテスクなオブジェでしかない。ブアウドはエネルギーを集めるために儀式によって人間の感情を揺さぶった。人の願望を利用し操ることで存続していたのだ。

俺は美咲の長い長い人生を考える。過去に、他にも、美咲に利用されて俺たちのように儀式をやった五人の若者がいたのか。たぶんいたのだろう。若者に設定したのはエネルギーが高いからだ。その人たちはどうなったのか。彼らの願い事は叶えられたのだろうか。

そういえば、最後に美咲はこう言っていた――『なにかあったらあなたに連絡するからね』。そう、まるで遺産かなにかの後継者を指名するように。

この魔術によって自分の願いが叶った――それだけではない。そのおかげで、そして黒谷の解説のおかげで、俺はやっと真実に近づいたのだ。

この世界はホログラム映像で、ゲームみたいな世界なのだという理解に。

俺は今さらのように思い出す。白石からブアウ人形を渡される前、俺は夢の中で誰かの声を聞いていなかったか。

目覚めろよ――あれは、俺の声だ。

現実がホログラムだと気づけよ。この世はゲームだと気づけよ。

あの声はそう言っていたのだ。

そして、このブアウド魔術が巡り巡って俺のところにやってきた。おかげで俺はこの世界がホログラムだと気づいたのだ。

誰がそんなことをさせたのだ?

たぶん、俺の上の方にいるもっと大きな俺、俺を俯瞰《ふかん》している俺、俺が主人公のゲームをしている俺、プレイヤーの俺だ。

俺たちはみんな、人生という大きなゲームをプレイしている。

とてつもなく大きな、宇宙というプログラマーが作った、最強最大のゲームを。あまりにも膨大で、緻密で、あまりにもよくできているから、この世界が仮想現実だと気づかないのだ。

俺は今まで、狭い自分の視野の中で、それとは知らずにゲームをしていた。悩んだり、苦戦したり、時には絶望したりして。だけど今、俺はそのゲームを俯瞰でプレイしている俺を感じる。その俺は日々、ゲームオーバーにならないように注意しながら、オリジナルの人生をひたむきにプレイしているのだ。

ゲームオーバー――それは死だ。

あの儀式の夜、俺たちは死んでもまた生き返った。ダンジョンでモンスターにやられてゲームオーバーのクレジットが出ても、またリセットすれば難なくゲームが再開できるように。

そうだ、この世界のすべてはゲームみたいにデータでできている。

目はバーチャルリアリティ空間でデータを読みこむゴーグルのようなものだ。脳はオペレーションシステムだ。

スマホの画面に映っているのはデータだが、そのスマホ自体もデータで作られたホログラム映像だ。建物とか自然界とか肉体みたいな硬い物質もすべてホログラムだ。それだけでなく、感触とか、感情とか、思考も。そもそもは全部が光みたいな微粒子で、それに投影された世界がこの現実というものなのだ。

俺は茫然と部屋を見回す。俺の赤いギターに目をとめる。足を動かしてそばにいって手に取り、指を正しく使ってポロンとCメジャーコードを鳴らす。その俺の視線、動き、音楽もデータだ。この一つの行動だけでどれだけ大量のデータを動かしたのだろう。

そしてこのギターは、誰かの手や機械がデータを動かして作ったものだ。その機械だって誰かがデータを使って作ったし、材料の木だってデータだ。いろんなデータを使ってでき上がったギターは、誰かが運転する車で運ばれ、ギターショップの誰かがショーウィンドウにディスプレイし、たまたま通りかかった俺がそのオーラに引き寄せられた。そして今、俺の腕の中にある。そんなこともふくめて、地球のあらゆる現実が、毎秒毎秒データで作られたホログラム映像の中で起きているのだ。

いや……本当にそうなのか？

今までの俺が疑惑を囁く。こんなに固くてリアルな現実が、ホログラムであるわけないじゃないか。

俺は戸惑いながら、もう一度問いかけるようにギターをつまびく。今度は俺の作った曲を。そして、ひとり口ずさんでみる。そのとき、この歌が生まれた朝を思い出す。

あれは、明け方の睡魔の中だった。俺はどこかの小さなステージに立って歌ってい た。赤いギターをプロのギタリストみたいに流暢につまびき、自分ではないみたいな声で。周りにはそれを聴いている人たちがいた。子供もいた。その夢から目覚めたとき、俺はその人たちの顔つきや表情や、着ている服のスタイルや模様、照明のあたり具合や部屋の匂いまで全部覚えていた。自分の指が弦をつまびく感触の一つ一つ、体の熱気まで、すべて、すべてリアルに。

俺はギターを弾くのをやめ、しげしげと自分の手を見る。あの夢と同じなのだ。この現実も。

ただ、たぶん、きっと夢よりも強く固定されているのだろう。だから、ホログラム映像を変えるのには時間がかかったり、力がいるのだ。

あの儀式のとき、俺たちはわけがわからないまま呪文を唱えた。言葉も声もデータだ。そして、それらの組み合わせによるプログラムが発動し、別のホログラムフィールドが開けた。インターネットでパスワードを入れてどこかのサイトにログインしたように、少し動かしやすい次元のフィールドが。ゲームの中で勇者たちが祠で呪文をゲットし、新しい天空のステージに進むみたいに。

たのだ。

とすると、俺が今までよくわからなかったお経とか呪文、儀式で鳴らす鐘や太鼓や笛の音、あれらはただの形式的なものではなくて、データを強力に動かすツールだったのだ。

つまり、こういうことだ。あの夜の黒魔術の体験――それは、この世界はホログラムであるということがよくわかるようになる体験だったのだ。

ブアウド魔術は、俺を覚醒させるステージを与えてくれたのだ。

俺はカーテンを閉めようと立ちあがり、赤と黒の空のグラデーションを感嘆して眺める。これは今、俺が選んだフィールドだ。この俺を動かしている俺に向かって心の中でつぶやく。

やっと気づいたよ。

街路樹が風に揺れ、都会の鳥が飛び立つ。どこかでクラクションが鳴る。膨大なホログラムの中ではあらゆるものが生まれて、何が自分の前に現れてきてもおかしくない。その中には俺が好きなものも嫌いなものも、合わないものも合うものもあるだろう。俺が動かすものも俺が動かされるものも、俺を弄ぶものも、支配するものも、つぶそうとするものも、育てようとするものも。そのどれと出会うかはわからない。データの海で泳いでいる自分の無意識がいつかどこかのレベルで選択しているのだ。

そして、ホログラム映像は目の前に現れ続ける。三百六十度、素粒子に投影された完璧な映像が。いつかもし、俺のギターから生まれたあの歌に火がつき、俺のユーチューブの登録者数が十万人、いや百万人を超えたら。それだってホログラムだ。ヒットチャートに乗って、大きな会場を満員にしてコンサートができても、それも全部ホログラムだ。もしも、その代償でひどい事件や事故に巻きこまれたりしたら。それだってやっぱりホログラムだ。

すごい——なんだか世界がちがって見える。今までより少し柔らかくなったように。

俺はブアウドのおかげでそれに気づいた。これからの人生は目が覚めた状態でこのゲームを進めていける。

そう、いつか、俺の肉体の使用期限が切れて、この地球ゲームからログアウトする日がくるまでは。

やがてあたりは暗く沈み、窓ガラスに赤いジャケットを着た自分の姿が浮かびあがる。それは客観的な映像のように目に映る。

そして俺はふと気づく。俺の後ろに、黒い影が立っているのを。それは仮面をかぶってマントを着ている。

俺はそっと後ろを振り向く。

誰もいない。薄暗がりの中にはただ散らかった俺の部屋が広がっている。

気のせい——錯覚だ。

だけど、俺はもう知っている。気のせいも目の錯覚も、別のフィールドのチラ見せだということを。それは、すぐ隣のホログラム映像なのだ。

『美咲さんは、ブアウドに取り憑かれていたのかもな』

黒谷の言葉が蘇り、俺の中にゆっくりと沈殿していく。

取り憑かれる、か——。

それも悪くはないのかもしれない。

ブアウドは俺と共にいる。

END

本書は、ドラマ「神様のサイコロ」の小説版として
著者が書き下ろした作品です。

|著者| 飯田譲治　1959年長野県生まれ。映画監督、脚本家。'86年『キクロプス』で監督デビュー。'92〜'93年『NIGHT HEAD』のドラマ原作、脚本を務める。'98年『らせん』、2000年『アナザヘヴン』、'03年『ドラゴンヘッド』など数多くの映画作品を手掛ける。

|協力| 梓 河人　愛知県生まれ。飯田譲治との共著に『アナザヘヴン』『アナン、』『盗作』『ミステリークレイフィッシュ』『NIGHT HEAD 2041』など。単著に『ぼくとアナン』。

神様《かみさま》のサイコロ

飯田譲治《いいだじょうじ》｜協力 梓《あずさ》 河人《かわと》

2024年11月15日第1刷発行

講談社文庫

定価はカバーに表示してあります

発行者——篠木和久

発行所——株式会社　講談社

東京都文京区音羽2-12-21　〒112-8001

電話　出版（03）5395-3510

販売（03）5395-5817

業務（03）5395-3615

Printed in Japan

KODANSHA

デザイン—菊地信義

本文データ制作—講談社デジタル製作

印刷———株式会社KPSプロダクツ

製本———株式会社国宝社

ISBN978-4-06-537696-6

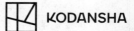

講談社文庫刊行の辞

二十一世紀の到来を目睫に望みながら、われわれはいま、人類史上かつて例を見ない巨大な転換期をむかえようとしている。

世界も、日本も、激動の予兆に対する期待とおののきを内に蔵して、未知の時代に歩み入ろうとしている。このときにあたり、創業の人野間清治の「ナショナル・エデュケイター」への志を現代に甦らせようと意図して、われわれはここに古今の文芸作品はいうまでもなく、ひろく人文・社会・自然の諸科学から東西の名著を網羅する、新しい綜合文庫の発刊を決意した。

激動の転換期はまた断絶の時代である。われわれは戦後二十五年間の出版文化のありかたへの深い反省をこめて、この断絶の時代にあえて人間的な持続を求めようとする。いたずらに浮薄な商業主義のあだ花を追い求めることなく、長期にわたって良書に生命をあたえようとつとめるところにしか、今後の出版文化の真の繁栄はあり得ないと信じるからである。

同時にわれわれはこの綜合文庫の刊行を通じて、人文・社会・自然の諸科学が、結局人間の学にほかならないことを立証しようと願っている。かつて知識とは、「汝自身を知る」ことにつきていた。現代社会の瑣末な情報の氾濫のなかから、力強い知識の源泉を掘り起し、技術文明のただなかに、生きた人間の姿を復活させること。それこそわれわれの切なる希求である。

われわれは権威に盲従せず、俗流に媚びることなく、渾然一体となって日本の「草の根」をかたちづくる若く新しい世代の人々に、心をこめてこの新しい綜合文庫をおくり届けたい。それは知識の泉であるとともに感受性のふるさとであり、もっとも有機的に組織され、社会に開かれた万人のための大学をめざしている。大方の支援と協力を衷心より切望してやまない。

一九七一年七月

野間省一

講談社文庫 最新刊